Der Dämonenprinz und ich

Roman

2. Auflage

JOHANNA B. BECKING
DER DÄMONEN
PRINZ
und ich
HAWKIFY BOOKS

Hawkify Books c/o
Inh. Svenja Hawkins
4514 Sandy Cv
Memphis, TN, 38122
United States

Mehr Infos unter: www.hawkifybooks.com

Covergestaltung: Jaqueline Kropmanns - https://www.jaqueline-kropmanns.de/ - https://de.depositphotos.com - @zvkate / @chesterf / @sonyakamoz / @YuliaAvgust / @mandritoiu / @oksanello / @natis76 / @VitalisG

Lektorat: Katharina Groth - http://www.wortspringerlektorat.de/

Korrektorat: Jacqueline Droullier - http://www.jacqueline-droullier.de/

Illustrationen: Johanna B. Becking

ISBN: 978-3-947288-75-5
Druck: booksfactory

Für alle, die die Besonderheit in der Vielfalt erkennen und für alle, die es nicht immer leicht im Leben haben und doch nicht aufgeben. Für alle Kämpfer, Über-sich-hinauswachser und für alle Alltagshelden.

KAPITEL 1

Ich fluchte, als ich mit dem rechten Fuß in die eigentlich nicht zu übersehende Pfütze trat. Natürlich gaben mir meine Stiefel exakt in diesem Moment zu verstehen, dass sie nicht mehr wasserdicht waren. Es war anscheinend zu viel verlangt, die kurze Regenpause nutzen zu wollen, um mir einen Kaffee an der Ecke zu besorgen. Eben jene Regenpause, die in dem Moment, in dem ich aus dem Café kam, wieder vorbei war. Es goss wie aus Kübeln.

Ungelenk schüttelte ich den Fuß, als würde es etwas helfen (zu spät, meine Socke war bereits klitschnass), und hastete über die dunkle Straße der abgelegenen Gasse, in der mein Wagen stand. Mein Unglück wurde perfekt, als ich den Autoschlüssel aus meiner Tasche zerrte und der Stoff der Hose mit einem reißenden Geräusch Laut gab. Genervt schaute ich mir das Dilemma an, das mein Schlüssel beim Herausziehen verursacht hatte: Ein etwa drei Zentimeter langer Riss in meiner Hosentasche. Hervorragend. Verärgert und frustriert zugleich ließ ich mich auf den Fahrersitz fallen und vergewisserte mich rasch, ob sich mein Observierungsobjekt noch in dem Zimmer der jämmerlichen Absteige befand, hinter der ich seit Stunden parkte.

Ich hasste diese Art von Aufträgen. Wieder ein Mann, dem ich nachweisen sollte, dass er von ehelicher Treue genauso viel hielt wie ich von diesem Mistwetter. Würde ich wenigstens endlich mal wieder einen lang verschollenen Angehörigen aufspüren. Das waren Aufträge, bei deren Abschluss sich noch jemand freute und nicht herumbrüllte und die schon in der Kurzwahl gespeicherte Nummer seines Scheidungsanwaltes wählte.

Ich tippte den Scheibenwischer an und ließ ihn ein einziges Mal über die Frontscheibe gleiten. Es quietschte leise. Der Schatten des Kerls verriet mir, dass er gerade duschte, und der Schluck von meinem Kaffee, dass dieser Vollidiot von so genanntem »Barista« wohl doch zur Sojamilch gegriffen hatte.

»Is´ heut im Angebot, Ma´am. Wegen der Umwelt, wissen Sie?«, hatte seine piepsige Stimme gefaselt, die sich scheinbar seit Eintreten des Stimmbruchs nicht mehr sonderlich verändert hatte.

»Das mag ja sein, aber danke, nein.« Ich hatte keine Lust auf eine Diskussion gehabt, ob und wie viel besser Soja für die Umwelt war.

»Wie Sie wollen, Ma´am. Ich mein ja nur, is´ besser. Für die Umwelt und so«, äffte ich ihn nach. Ma´am? Ich war fünfundzwanzig! Ma´am? Ernsthaft? Ich hatte mir auf die Zunge gebissen und nichts gesagt. Hatte abgewartet, bis der Lahmarsch von seinem Kollegen hinter ihm meinen Kaffee fertig gebrüht hatte, bezahlte und war gegangen.

Und nun saß ich hier mit einem scheißteuren Latte Macchiato, den ich nicht trinken wollte, einem nassen Fuß und nassen Haaren in einer dunklen Gasse in meinem Auto und fror mir, gelinde gesagt, den Arsch ab. Was auch meine Schuld war, weil ich mir eine Standheizung nicht hatte gönnen wollen.

Sojamilch ... was für ein widerliches Zeug.

Ich gab einen Scheiß auf die Umwelt, kurbelte das Fenster ein Stück weit auf, warf den Becher hinaus und griff nach meinem Fernglas.

Der Verdächtige hatte aufgehört zu duschen und schlenderte mit einem Handtuch bekleidet durchs Zimmer. Ich schnappte nach der Kamera, die ich für gewöhnlich auf dem Beifahrersitz liegen hatte, und tastete ins Nichts.

Verdattert starrte ich auf die freie Sitzoberfläche. Dort, wo eigentlich die Kamera hätte sein sollen, prangte eine kahle, ungefüllte Stelle auffallender Leere. Ich schaute in den Fußraum, unter den Sitz und in die Türablage. Zum Schluss riss ich sämtlichen Inhalt aus dem Handschuhfach – in dem schon alles gelegen hatte, nur nie Handschuhe — doch die Kamera blieb verschwunden. Und die einzige Spur, die ich von ihr fand, war eine kleine Ansammlung von dunklem Glitzer auf der Fenstergummierung.

»Verdammte Drecksfeen!« Jetzt konnte ich sie auch riechen, leicht süßlich mit einer zarten Note, die mich jedes Mal an Erdnussbutter erinnerte. Natürlich, wer sonst stahl nur eine Kamera, ließ das Auto aber stehen? Jemand, der mit einem Auto nichts anfangen konnte, weil er viel zu klein war, um es zu fahren.

Ein Stöhnen entriss mich den Verwünschungen, die ich vor mich hin brabbelte. Es folgte ein anderes Geräusch, das mich herumfahren ließ. Ein zischendes Fauchen, das mir bisher glücklicherweise nicht besonders oft untergekommen war. Die Gasse vor mir war leer. Noch. Denn am Ende registrierte ich bereits ihre Bewegungen. Vampire. Verdammte Vampire.

Ich sah durch die verregneten Scheiben meines alten Wagens und bemerkte zu meinem Frust, dass ich denkbar unglücklich stand. War meine Parkplatzwahl vor einigen Stunden noch taktisch klug gewählt gewesen, da ich so eine gute Sicht auf den Hinterausgang des schäbigen Motels hatte, war er nun eine ideale Möglichkeit, umzingelt zu werden.

Ich starrte noch einmal zum Fenster des betrügerischen Ehemannes. Von ihm war keine Spur mehr zu sehen. Gut möglich, dass er gerade mit seiner Zuckerpuppe auf dem Weg nach unten war und damit jederzeit die Tür vor mir öffnen könnte.

Kurz war ich unschlüssig, ob ich nicht doch noch einen Moment warten sollte, bis mir einfiel, wie sinnlos es war, hier länger zu verweilen, wenn ich keine Kamera hatte, mit der ich seine Tat dokumentieren konnte. Für mein Handy war es in dieser Gasse eindeutig zu dunkel. Jeder Anwalt hätte die Fotos in der Luft zerrissen.

Also legte ich den Gang ein und trat bereits auf's Gas, als mir prompt eine Gestalt vor die Motorhaube lief und meine ohnehin schon quietschenden Bremsen mächtig zum Ächzen brachte.

Kurz überlegte ich, weiterzufahren. Noch immer erklangen die Laute der sich nähernden Vampirmeute. Wahrscheinlich war der Kerl, der gerade mit meiner Motorhaube kuschelte, lediglich die Vorhut.

An sich waren Vampire kein Grund zur Sorge, denn sie wollten in der Regel nichts von mir. Mein Blut war ihnen ohnehin zu unrein. Aber in ihrem Schlepptau befanden sich oft Ghule. Und denen war einfach alles egal. Die würden auch über mich herfallen. Im Gegensatz zu deren üblichen Mahlzeiten war ich ja schon eine Delikatesse!

Doch dann entdeckte ich im letzten Augenblick, dass es kein Vampir war, der mir dort vor die Karre gerannt war, sondern ein Dämon. Blutüberströmt und daher ohne Zweifel der Grund für die Horde Blutsauger, die jetzt hinter ihm in den Eingang der Gasse strömte.

Einen viel zu langen Moment starrten wir uns durch die Frontscheibe in die Augen, bis ich mich fasste und die Tür aufstieß.

»Worauf wartest du noch? Steig ein!«, raunte ich ihm zu und sah dabei in ein fassungsloses, fast schon verwirrtes, blutiges Gesicht. »Nun mach!«, drängte ich. Diesmal deutlich lauter. Er zuckte zusammen und setzte sich endlich in Bewegung.

Als er die Seitentür zuzog, war auch schon der erste Vampir bei uns angekommen. Seine hässliche Fresse starrte mich aus hungrigen Augen durch das Beifahrerfenster an. Gierig leckte er sich über die Lippen. Sich seines Snacks in Form meines neuen Beifahrers offenbar schon sicher, grinste er mich an.

Kurz zuckte ich, lehnte mich über den Schoß des Dämons und schlug mit der Faust auf den Knopf, der die Tür verriegelte, an der die Bestie bereits rüttelte. Zum Glück waren die Viecher im Blutrausch ziemlich dumm.

Während ich den Gang einlegte, drückte ich das Gaspedal voll durch und schob die dunklen Gestalten mit quietschenden Reifen vor mir her. Eine homogene Mischung aus widerlichen Fratzen fauchte mich an. Gänsehaut bildete sich auf meinen Armen beim Gedanken daran, dass dies alles einmal Menschen gewesen waren. Ich verdrängte jedwedes Mitleid und ließ den Motor erneut aufheulen. Noch konnte ich an die Vernunft der Kreaturen appellieren. Oder zumindest an ihren Selbsterhaltungstrieb. Würden noch mehr von ihnen in die Gasse strömen, wäre es damit vorbei.

Noch während ich das Ende der Gasse ansteuerte und ein Blutsauger nach dem anderen beiseite sprang, tauchten dort eben jene Kreaturen auf, auf die ich jetzt am wenigsten Bock hatte. Ghule.

»Na, ganz toll«, stöhnte ich mit einem Blick auf die halb verfaulten Gesichter der Wesen. Mindestens zwei landeten unter meinem Auto. Ich spürte, wie der Wagen ruckte und über ihre Körper fuhr und betete dabei insgeheim, dass der Motor mich nicht gerade jetzt im Stich lassen würde.

Ich sah auf den Beifahrersitz. Meine neueste Begleitung war soeben ohnmächtig geworden. Perfekt. Da vollbrachte man einmal eine gute Tat und der potentielle Nutznießer bekam davon nicht einmal etwas mit. Kopfschüttelnd lenkte ich den Wagen auf die Hauptstraße und ließ die Vampire und ihre verwesten Freunde hinter mir.

Wenig später stieß ich mit dem Arm eines bewusstlosen Dämons auf meinen Schultern die Tür zu meinem Büro auf und schleifte ihn zu meinem abgewetzten Ledersofa.

Ich wühlte gerade nach der alten Wolldecke, von deren Existenz ich ziemlich überzeugt gewesen war und nun allmählich zweifelte, als er sich regte und die Augen öffnete.

»Ah, da ist er ja. Natürlich wachst du erst jetzt auf, nachdem ich mir die Mühe gemacht und dich reingeschleppt hab.«

Er stöhnte, fasste sich an den Kopf und versuchte, sich aufzurichten.

»Weiß nicht, ob das so eine gute Idee ist«, sagte ich, aber wozu hätte er auch auf mich hören sollen?

Sein sogleich vor Schmerz verzogener Gesichtsausdruck zeigte, dass ich selbstverständlich recht hatte und ich unterdrückte ein höhnisches Grinsen, als er die Augen zukniff. Ich gab meine Suche nach der Decke auf und kniete mich stattdessen neben ihm auf den Boden. Sanft aber bestimmt schob ich ihn wieder in eine liegende Position.

»Warte hier. Und bleib so«, wies ich ihn an und marschierte in das winzige Klo meiner Detektei, um einen Lappen zu befeuchten, mit dem ich ihm das Blut aus dem Gesicht wischte.

Stumm ließ er mich gewähren und zuckte hin und wieder zusammen, als ich eine der vielen Wunden streifte.

»Meine Güte, was zur Hölle ist dir passiert?«, fragte ich, während ich die etlichen Schnittstellen begutachtete. Und in dem Moment, als seine Augen sich abermals öffneten und er mich ansah, gereinigt vom Blut, erkannte ich mit einem Schlag, *wer* mir da vor‘s Auto gelaufen war.

»Scheiße noch eins!«, entfuhr es mir, bevor ich mich zusammenreißen konnte. Diesmal tat ich nichts, als er sich erneut aufrichtete und die Schmerzen ignorierte.

»Du bist der verdammte Dämonenprinz!«

»Scheint ganz so, als müsste ich mich nicht noch vorstellen.« Er nahm mir das Tuch ab und drückte es sich auf eine der größeren Wunden über seiner linken Braue. Stechend graublaue Augen sahen mich an. Verdammt schöne Augen, wie ich anmerken muss.

»Du bist Mason Frost …«

»Hoch erfreut«, sagte er zähneknirschend und blickte sich dabei um.

Was er sah, musste ziemlich kläglich für ihn wirken, doch war es auch mein ganzer Stolz. Sechzehn Quadratmeter, belegt mit grauem PVC, ein sperriger Holzschreibtisch inklusive klapprigem Drehstuhl sowie die Couch, auf der er lag. Überall stapelten sich Akten, alte Zeitungen und die ein oder andere leere Pizzaschachtel.

»Wo bin ich?«

»In meinem Büro. Ein herzliches Willkommen. Die sanitären Anlagen finden Sie hier drüben, Frühstück gibt´s von acht bis elf, der Wellnessbereich hat zu unserem Bedauern derzeit geschlossen.«

»Und du bist?« Er überging meine Spitzzüngigkeit mit gnadenloser Ignoranz.

»Chloe Sanchez, die beste Privatdetektivin des Blocks. Naja, wenn man Glyzcinsky nicht mitzählt.«

»Privatdetektivin.« Er sah noch immer an mir vorbei und runzelte nachdenklich die Stirn. »Das trifft sich ja gut«, murmelte er und lachte kurz.

»Ach ja?« Ich hob die Augenbrauen, als er mich endlich ansah. Natürlich kannte ich ihn von Bildern. Die markanten Wangenknochen, die fast schon leuchtenden Augen eines Wolfes und dazu die tiefschwarzen Haare. Von dem Körper eines jungen Gottes ganz zu schweigen. Nicht, dass ich den in diversen Klatschblättern schon jemals bewundert hätte. Keine Ahnung, wer sich diesen Schund kaufte, ich ganz bestimmt nicht!

»Ich denke, einen Privatdetektiv könnte ich ganz gut gebrauchen.«

»Ich hätte ja eher auf einen Heiler getippt, aber gut. Ich bin ganz Ohr.«

Er sah sich erneut um. »Ist noch jemand hier?«

»Nein, meine Sekretärin hat heute frei.« Mein Lächeln erstarb. Der Kerl hatte anscheinend keinen wirklichen Sinn für Humor. »Wieso heilst du nicht?« Ich beäugte seine Wunden eingehend. Sie hätten sich längst schließen müssen.

»Jemand versucht, mich zu töten.«

Ich runzelte die Stirn. »Du meinst abgesehen von den Vampiren, die dir vorhin hinterhergerannt sind wie eine Schar wild gewordener Groupies?« Ich schüttelte die Kaffeekanne auf meinem Schreibtisch, in der Hoffnung, sie würde noch eine Pfütze hergeben. »Was hattest du eigentlich in dieser Gegend zu suchen? Und noch dazu blutüberströmt. Das grenzt an Selbstmord.«

»Es ist kein Selbstmord, wenn man sich nicht freiwillig in diese Situation begibt«, korrigierte er mich. Wo er recht hatte …

»Gut, also jemand versucht dich umzubringen. Wer?«

»Ich habe da einen Verdacht, aber ich brauche Beweise.«

»Und die soll ich beschaffen? Ich bin mir nicht sicher, ob das in meiner Liga ist. Meinst du nicht, darum sollte sich die Polizei kümmern?«

Er verzog den Mund. »Der kann ich nicht trauen.«

»Wie bitte? Du bist der verfluchte Dämonenthronanwärter und genießt diplomatischen Status, du kannst sogar den Polizeichef persönlich herumkommandieren und er würde tanzen wie eine Marionette.« Der Gedanke daran ließ mich beinahe schmunzeln. Allein die Vorstellung bereitete mir ein gewisses Vergnügen, das musste ich zugeben.

»Du sagst es. Ich bin der verfluchte Thronanwärter. Und was bist du?«

Autsch. Das war ein Schlag unter die Gürtellinie. Ich räusperte mich und mied den Augenkontakt.

»Verzeih, meine Nase ist noch etwas angeschlagen«, bat er plötzlich betreten um Entschuldigung. Das erklärte, warum er es nicht wittern konnte.

»Womit wir wieder beim Thema Heilung wären. Aber schön. Wenn du es unbedingt wissen willst, ich bin halb Dämonin, halb Mensch. Zufrieden?«, brachte ich zähneknirschend hervor.

Seine Kiefer mahlten, als würde er auf meiner Antwort herumkauen, während seine kühlen Augen mich musterten. Diese Frage so direkt zu stellen, war in höchstem Maße unhöflich.

»Und wie stehst du zum Königshaus?« Seine Ohren zuckten. Wonach lauschte er? Ich für meinen Fall hörte nichts.

»Zum Königshaus? Du meinst zu deiner Familie?«

»Bist du sicher, dass du dich als Privatdetektivin eignest?« Er runzelte die Stirn und sah mich skeptisch an. Hey, also nun wurde er persönlich!

»Ich habe nichts mit deiner Familie am Hut. Und aus politischen Angelegenheiten halte ich mich generell raus, wenn du darauf anspielst. Leute wie meine Wenigkeit sind in ihren Kreisen nicht besonders angesehen, wie du dir vielleicht denken kannst.« Unwillkürlich hob ich mein Kinn ein wenig an. Ein Schutzmechanismus, der es mir leichter machte, mit der Schande meiner Herkunft umzugehen.

»Eine Halbdämonin … ja, das könnte funktionieren«, murmelte er vor sich hin, während er ins Leere blickte. Wieder hob ich eine Augenbraue. Was faselte er da?

KAPITEL 2

»Du willst mir also sagen, du verdächtigst Ethan, dich umbringen zu wollen? Ethan. Deinen Bruder Ethan?«

»Stiefbruder.«

Stimmt, das war mir kurz entfallen. Wow, das klang ja fast wie aus dem Märchen. Also die Originalen, in denen es weit blutiger zuging als in den Kinderfilmen, in denen Tiere den Haushalt machten, wenn man ihnen ein Liedchen vorsang.

»Mein Vater wird nicht mehr lange auf dem Thron sitzen. Genau genommen tut er es schon längst nicht mehr, sondern liegt nur noch krank im Bett. Ethan will selbst König werden und dafür muss er mich selbstverständlich beseitigen.«

»Okay, gut. Das macht ja alles irgendwie Sinn, aber was soll ich da machen? Kannst du ihn nicht einfach verhaften lassen?«

Mason schüttelte mit einem ungläubigen Grinsen den Kopf, als wäre ich fünf und hätte gerade eine sehr, ja wirklich sehr dumme Frage gestellt.

»Nicht ohne Beweise. Das gäbe einen ordentlichen Skandal. Und seine Mutter würde den Spieß umdrehen, meinen Vater vermutlich im Fieberwahn bezirzen und mich ins Verließ werfen lassen.«

»Stiefmütter sind doch was Feines, hm?«, säuselte ich süffisant, mir der Ironie dessen äußerst bewusst. »Und wieso meinst du, ausgerechnet ich wäre die Richtige für den Job und nicht die Polizei?«

Mason verdrehte die Augen. Sympathisch war er schon mal nicht. Angesichts seiner leidigen Arroganz verzog ich den Mund und verschränkte die Arme. Kurz musterte er mich und schien meine Abneigung zu bemerken, denn er atmete schnaufend aus, rieb sich die Nasenwurzel.

»Ethan ist dafür, das Verbot des Bluttrinkens aufzuheben, das mein Vater vor einigen Jahrzehnten beschlossen hat«, erklärte er gezwungen ruhig.

»Aber das ist die Grundlage des Friedenspaktes!«

Er machte einen Gesichtsausdruck, als würde er mir stolz Beifall klatschen wollen, weil ich unerwarteterweise doch nicht ganz so begriffsstutzig war. Ich sollte ihn wohl daran erinnern, wer ihn gerettet hatte, als er blutend in ein Viertel voller Vampire spaziert war. Oder daran, dass *er* derjenige war, der etwas von mir wollte.

Der Friedenspakt war das Abkommen, das nach der so genannten ‚Dunklen Zeit' getroffen worden war. Es untersagte die Aufputschmittel unserer Welt. Was für Sportler Anabolika waren, waren für Dämonen – und in gewisser Weise auch Menschen – ihr Blut. Beziehungsweise das ihrer Artgenossen. Das Suchtmittel der Engel waren ihre Kristalle, mit deren Hilfe ‚sie ihre göttliche Stärke aufluden'. ‚Sich mit Drogen vollpumpen' klang ja auch nicht ganz so edel. Dummerweise war es ziemlich leicht, einen Engel zu erkennen, der Kristalle konsumiert hatte. Er glitzerte dann so stark, dass es in den Augen blendete. Ein Grund dafür, warum ausgerechnet die hochheilige Heerschar so streng nach Verstößen gegen das Abkommen fahndete. War ja auch ziemlich unfair, dass andere so viel leichter damit durchkamen als sie.

Jedenfalls war der Konsum von Dämonenblut genauso illegal wie die Nutzung von Kristallen. Dieses Verbot war der einzige Weg gewesen, die Menschen davon zu überzeugen, ihre Waffen zu vernichten. Waffen, mit denen sie nicht nur einige Spezies ausgelöscht hatten, sondern beinahe die ganze Welt. Fast neunzig Prozent der Yetis waren bei einem Atomwaffentest draufgegangen, auch wenn die Menschen danach immer noch gern behaupteten, es wäre eine Naturkatastrophe gewesen. Na sicher.

Menschen hatten generell ein Problem damit, wenn jemand ihr Ego bedrohte. Darum nahmen sie auch gern mal einen Schluck Dämonenblut. Dumm nur, dass sie so schnell süchtig danach wurden. Das Ergebnis hatten wir vorhin in der Gasse angetroffen. Sie wurden zu Vampiren, die abhängig waren von jedem Tropfen, den sie kriegen konnten. Natürlich waren sie auch stark, keine Frage, doch das Blut machte etwas mit ihnen. Oft genug wurden sie im Rausch wahnsinnig. Und ließen sie sich dazu hinreißen, Menschenblut zu trinken, um die Sucht annähernd zu befriedigen … tja, so entstanden dann Ghule. Hirnlose Wesen, die nur noch ihren Instinkten nachgaben, sogar ihr Kind fressen würden, wenn es nötig war.

Ein Schauer lief mir über den Rücken, den ich versuchte, mir nicht anmerken zu lassen. »Und du bist dir ganz sicher, dass er dich umbringen will? Ich mein, diese Behauptung ist schon nicht ganz ohne.«

Wieder sah er mich an, als wäre ich schwer von Begriff. Kurz überkam mich die Lust, ihn vor die Tür zu setzen. Trotz seines Zustandes.

»Nachdem ein Dienstmädchen bei der Reinigung meines Zimmers draufgegangen ist, weil sie von einer Spinne gebissen wurde, die zwischen meinen Laken herumgekrochen ist. Und nachdem mein Vorkoster vergiftet wurde, mein Leibwächter auf ominöse Weise verschwunden ist und mich ein Golem schließlich aus dem Fenster des zweiten Stockwerks geworfen hat, bin ich mir ziemlich sicher, dass mir jemand nach dem Leben trachtet. Und da er derjenige ist, der die meisten Vorteile aus meinem Tod zieht: Ja.«

Ich runzelte die Stirn. »Das Essen zu vergiften, wenn du einen Vorkoster hast, klingt nicht gerade intelligent.«

»Normalerweise nehme ich seine Dienste nicht in Anspruch, da ich unserem Koch mein vollstes Vertrauen schenke. Doch nach der Sache mit dem Spinnenbiss, wollte ich kein Risiko mehr eingehen. Und ich hatte recht«, erklärte er ungeduldig.

»Das Risiko übertrug sich dann halt auf den Vorkoster«, meinte ich trocken.

Mason würdigte die Anmerkung lediglich mit dem Hochziehen der rechten Augenbraue.

Gut. Der Spinnenbiss hätte sich eventuell noch anders erklären lassen. Auch wenn die wirklich tödlichen Arten hier nicht verbreitet waren, so gelangten sie doch durch den Transport einiger Lebensmittel auch hin und wieder in unsere Breitengrade. Aber der Golem war dann doch etwas, das ich nicht mal eben so von der Hand weisen konnte. Ein ziemlich offensiver Angriff, nachdem die Versuche zuvor offensichtlich beide gescheitert waren.

»Und wie soll ich deiner Meinung nach Beweise gegen ihn sammeln?«

»Ich dachte, das wäre dein Beruf als Privatdetektivin.«

Ich stöhnte. »Das ist schon klar, aber wir reden hier immerhin von Ethan. Ich kann schlecht ins Königshaus marschieren und herumschnüffeln.«

Obwohl ich ehrlich gesagt genau das schon plante.

»Hör zu. Ich kann nicht zur Polizei gehen, weil er das komplette Revier, ja die ganze Stadt infiltriert hat. Er hat etliche auf seine Seite gebracht und von sich überzeugt. Nicht nur Dämonen.« Er kam mir zuvor, als ich gerade den Einwand bringen wollte, dass auf dem Polizeirevier immerhin deutlich mehr Engel als Dämonen arbeiteten. »Aber -« Mason stockte kurz, scheinbar um die richtigen Worte zu finden. »Solch einen Komplott kann er nicht alleine durchziehen. Er muss Hilfe gehabt haben. Um ehrlich zu sein, halte ich ihn tatsächlich nicht für besonders clever.«

Ich dachte kurz nach. »Und seine Mutter?«

Mason runzelte die Stirn. »Sie ist klug. Sie könnte der denkende Kopf dahinter sein, ja.«

Ich nickte nachdenklich.

Mit einem Mal richtete sich Mason erschrocken auf. »Meine Schwester! Sie ist noch im Schloss!« Er verzog das Gesicht. Die Sorge um die Prinzessin war ihm deutlich anzusehen.

»Meinst du, sie könnte in Gefahr sein? Sie müsste noch vor dem Ableben des Königs heiraten, um Königin zu werden …«

Mason schwieg einen Moment, dann schüttelte er den Kopf. »Nein, das würde sie nicht tun. Sie wollte den Thron nie.«

»Dann denke ich nicht, dass sie zum Ziel werden könnte.« Okay, das war ehrlich gesagt gelogen, denn das konnte niemand mit Gewissheit sagen, aber was hätte ich ihm anderes erzählen sollen?

Mason schien fürs erste beruhigt zu sein.

»Gut. Wenn das alles Anschläge auf dein Leben waren, dann muss er dafür Vorkehrungen getroffen haben. Irgendwo muss er die Spinne und das Gift beschafft haben. Beides ist nicht mal eben im Laden an der Ecke erhältlich. Und den Zauber für den Golem muss er auch irgendwo besorgt haben.«

»Lässt sich herausfinden, wo?«

Anscheinend hatte ich ihn nun doch von meiner Kompetenz überzeugen können.

»Mit den richtigen Kontakten …« Ich wandte mich von ihm ab und ging zu meinem Schreibtisch, um mich in meinen Bürostuhl fallen zu lassen. Betont lässig legte ich die Füße auf den Tisch. »Du solltest so lange auf jeden Fall nicht wieder ins Schloss zurückkehren.« Ich schielte aus dem Augenwinkel zu ihm herüber, um seine Reaktion zu beobachten. Das Königsanwesen als Schloss zu bezeichnen war ein kleiner Seitenhieb für seine herablassende Art.

Klar war es nobel und schick, doch allgemein war bekannt, dass der Dämonenkönig und der König der Engel einen schon Jahrhunderte währenden Wettkampf diesbezüglich austrugen.

Mason ignorierte meine Stichelei und schwieg.

»Gibt es einen Ort, an dem du Unterschlupf finden könntest?«

Er schüttelte den Kopf. »Keinen, an dem ich nicht auffallen würde.«

Ich seufzte. »Gut, dann bleibst du erstmal hier. Ich werde mich morgen ein bisschen umhören und dann sehen wir weiter.«

Vorsichtshalber trat ich ans Fenster, das eine fantastische Aussicht auf die nächste, etwa eineinhalb Meter entfernte Häuserwand bot. Unwillkürlich wanderte mein Blick durch die Gasse. Etwas weiter links wühlte eine Fee in einem Mülleimer und verteilte dessen Inhalt dabei auf dem Boden. Ansonsten sah ich niemanden. Ich pustete den Staub von den Bannzaubern, die meine Freundin Olga mit rotem Marker auf meine Fensterbank geschmiert hatte. Nicht schön, aber die merkwürdigen Symbole erfüllten bisher ihren Zweck. Sah alles gut aus. Ich griff nach dem Band für die Jalousien und sperrte die Außenwelt aus. Eine weitere Wolke Staub kam mir entgegen, die auf den hellblauen Lamellen anscheinend nur darauf gewartet hatte. Augenblicklich wurde es dämmrig.

»Okay«, sagte ich seufzend. »Die Bannzauber sind intakt, aber ich lege dafür nicht meine Hand ins Feuer, meine Freundin Olga schaut manchmal zu tief in den Hexenkessel.« Ich verzog das Gesicht, doch irgendwie schien mein Witz bei ihm nicht anzukommen. »Wasser und Kaffee findest du da, ansonsten kann ich dir nichts anbieten. Halt einfach die Füße still.«

Zuhause angekommen, rief ich erst einmal ein »Bin daaahaa, wer noooch?« in die Wohnung, doch niemand antwortete. Anscheinend waren alle meine Mitbewohner ausgeflogen. Ich grunzte. Kein Wunder, sie schlugen sich die Freitagnacht verständlicherweise viel lieber in einem düsteren, verschwitzten Club um die Ohren, als mit Beschattungen und der Rettung eines Prinzen.

Ich erwog kurz, mich direkt ins Bett fallen zu lassen. Am liebsten mitsamt Klamotten, so gerädert wie ich war. Doch dann schleppte ich mich ins Bad und ließ heißes Wasser in die Wanne laufen.

Während ich gerade diverse Duftöle und Essenzen meiner Mitbewohnerin Flix ins Badewasser goss, versuchte ich, mich mit ein paar tiefen Atemzügen runter zu bringen.

Ich glitt vorsichtig ins heiße Wasser und versank bis zur Schulter in dem Schaum, der sich gebildet hatte. Meine empfindliche Nase nahm einen starken Geruch nach Lavendel und Thymian wahr. Angenehm, doch ein bisschen aufdringlich in seiner Intensität. Flix war begeistert davon und das, obwohl sie meist im Waschbecken badete. Ich normalerweise nicht - also begeistert, ins Waschbecken passte ich selbstverständlich nicht. Am liebsten war es mir, wenn ich keinen erkennbaren Geruch hatte, um von einigen Lebensformen dieser Stadt möglichst nicht gewittert zu werden. Wenn ich gerade einem feinnasigen Werwolf auf der Spur war, wollte ich nicht an einem nach Veilchen riechenden Parfüm erkannt werden. Das könnte böse ausgehen. Wobei, das kam eigentlich längst nicht mehr vor.

Doch diesmal genoss ich die Entspannung, die die ätherischen Öle mit sich brachten, und versuchte, sie zu nutzen, um einen klaren Kopf zu bekommen. Wenn ich dem Prinzen wirklich aus dieser beschissenen Situation helfen sollte, brauchte ich eine vernünftige Strategie. Aber so sehr ich auch darüber nachdachte, wirklich weit kam ich nicht. Kurz überlegte ich sogar, ob ich mir das Ganze nicht sogar doch nur eingebildet hatte. Eine Folge von Übernächtigung möglicherweise. Nein, so eine lebhafte Fantasie passte nicht zu mir.

Mason Frost. Der scheiß Dämonenprinz himself war in diesem Augenblick in meinem Büro und hatte mich beauftragt. Mich! Das war zu verrückt, um wahr zu sein.

Ich überlegte, ob die Schutzbanne halten würden. Wer auch immer es auf ihn abgesehen hatte, ihm standen ganz offensichtlich Zauber zur Verfügung. Ich hoffte nur, sie könnten es nicht mit Olgas Fertigkeiten aufnehmen.

Fast döste ich in der Wanne ein, bevor ich mich komplett nackt ins Bett schleifte und augenblicklich hätte einschlafen können. Doch obwohl mein Körper nach Ruhe und Schlaf schrie, meinte mein Gehirn, weiterarbeiten zu müssen. Ich stellte mir den Prinzen vor, wie er jetzt auf meinem alten Sofa lag und versuchte, zu schlafen. Irgendwie hatte es etwas ziemlich Komisches an sich. Das war einfach zu verrückt.

Es dauerte eine Ewigkeit, bis ich endlich langsam wegdämmerte. Ein letzter Blick auf den Wecker zeigte 4:36 Uhr in leuchtend roten Ziffern.

Das dröhnende Piepen meines Weckers am nächsten Morgen hatte ich wohl komplett überhört. Selbst der strahlende Sonnenschein hatte meinen tiefen Schlaf nicht stören können. Es war die Türklingel, die meinen wirren Träumen ein jähes Ende bescherte. Irgendjemand mit Todessehnsucht hielt es für nötig, am Samstagmorgen Sturm zu klingeln.

Schweren Fußes quälte ich mich aus meiner wohlig warmen Bettdecke, um fröstelnd zu meinem Morgenmantel zu greifen, den ich lose zuknotete, als ich energisch die Wohnungstür aufriss und ein aggressives »Was?!« brüllte.

Zwei junge Pfadfinderinnen zuckten erschrocken zusammen. Die Kekse in ihren Händen fielen zu Boden und mein Blick wanderte hinter ihnen zu dem Police Officer, der mir zu meinem Bedauern auch noch sehr gut bekannt war. Könnte sich bitte einmal der Boden vor meinen Füßen auftun?

»Oh«, entglitt es mir und ich blickte rot angelaufen zur Seite. »Hallo Stan.«

Stan erlangte wieder Fassung und räusperte sich. »Chloe.« Er nickte mir grüßend zu.

Schnell checkte ich, ob mein Morgenmantel alles Nötige bedeckte und kniete mich hin, um die am Boden liegenden Schachteln aufzuheben. »Tut mir leid! Ihr wollt die bestimmt verkaufen, was?«

Die Mädchen nickten eingeschüchtert. Eine davon war Stans Tochter, ich erkannte sie von den Bildern, die er mir einmal gezeigt hatte. Ich betrachtete die Packungen in meinen Händen. Davon dürften durch den Sturz zu Boden so einige zerbrochen sein. Ich seufzte lautlos.

»Ich bezahle sie, wartet nur einen Moment, ich hole mein Geld.«

Hätte dieser Tag noch beschissener beginnen können?

Nachdem ich Stan und die Mädchen mit etlichen Entschuldigungen verabschiedet hatte, schmiss ich die arschteuren Kekse auf den Küchentisch und zog mich an. Immerhin hatte ich jetzt Frühstück. Und was Gutes getan. Ein passender Ausgleich für mein Karma zum so frevelhaft entsorgten Kaffeebecher in der letzten Nacht.

Erst als ich erneut in die offene Küche kam, um mir einen Kaffee aufzubrühen, entdeckte ich den schnarchenden

Engel auf dem Sofa, der nur mit einer für meinen Geschmack eindeutig zu knappen Unterhose bekleidet war.

Noch bevor ich ihn fragen konnte, was er hier zu suchen hatte, wurde eine Tür aufgerissen. Phil trat ins Wohnzimmer, die goldgelockten Haare zerzaust und mit nicht mehr am Leib als einer Boxershorts.

»Wilde Nacht«, murmelte er grinsend, als sich unsere Blicke trafen.

Wie um das Ganze zu unterstreichen, folgte ihm eine Dämonin in einem verboten kurzen Glitzerkleid und mit verwischten Make-Up-Resten im Gesicht sowie ein Mensch, der aussah wie ein scharfes Unterwäschemodel.

»Ich seh's«, erwiderte ich glucksend.

Während der Mensch sich auf leisen Sohlen aus der Wohnung zu schleichen versuchte und die Dämonin ins Bad taumelte, stürzte Phil sich auf den noch immer schlafenden Engel auf dem Sofa.

Ich verließ die Partygemeinschaft und zog die Tür zu meinem Zimmer hinter mir zu. Zeit, einen Anruf zu tätigen.

»Hallo?«

»Wieso gehst du an mein Telefon?«

»Wieso rufst du an, wenn ich nicht an dein Telefon gehen soll?«

»Vielleicht um zu testen, ob du an mein Telefon gehst. Was, wenn ein Klient angerufen hätte?«

»Auf dem Display steht Home«, konterte Mason.

Einen Moment wusste ich darauf keine Antwort.

»Und ich denke, einen Klienten hätte ich besser vertrösten können als dein Anrufbeantworter.«

»Ich wollte nur wissen, ob du noch irgendetwas brauchst, bevor ich mich bei meinen Kontakten umhöre.«

»Wenn ich einen Wunsch frei habe, nehme ich den Weltfrieden. Aber ich denke, dass du damit nicht dienen kannst. Daher was anderes: ich habe Hunger.«

Ich rollte mit den Augen. Wenn hier jemand sarkastisch sein durfte, war ich das. »Dir ist klar, dass ich dir eine unverschämt hohe Rechnung ausstellen werde, oder?«

»Die kann ich nur bezahlen, wenn ich noch am Leben bin, du solltest also lieber dafür sorgen, dass das so bleibt.«

»Wie geht´s deinen Verletzungen? Heilst du inzwischen?«

Er überging die Frage. »Ich könnte töten für einen Kaffee. Deiner ist leer.«

Ich legte auf. Warum tat ich mir das überhaupt an? Ich massierte meinen verspannten Nacken und ging zurück ins Wohnzimmer.

»Phil? Kannst du mir ein paar von deinen Klamotten überlassen? Ich brauche sie für einen Fall … Ich bezahl' sie dir auch, wenn ich wieder flüssig bin.«

Mein Mitbewohner, ein depressiver gefallener Engel mit einem Sexleben, von dem ich nicht einmal zu träumen wagte, stellte keine kritischen Fragen. »Klar, du weißt ja, wo mein Schrank steht«, sagte er, während er die Dämonin, die sich inzwischen an einer Tasse Kaffee festhielt, von hinten befummelte. Ich kannte Phil gut genug, um zu wissen, dass es ihm herzlich egal war, dass ich ihnen dabei zusah. Es wurde also Zeit, dass ich aus der Wohnung kam, bevor mich in den nächsten Tagen Bilder verfolgen würden, die ich so schnell nicht mehr loswurde. Also raffte ich eilig ein paar Klamotten zusammen. Das bunt schillernde Konfetti in seinem Zimmer ließ ich unkommentiert – bei Gott, ich wollte nicht wissen, was die hier getrieben hatten – und eilte durch das Wohnzimmer in Richtung Haustür.

»Äh, Chloe?«

Ich fuhr zu Phil herum, der auf die Kekspackung deutete. »Wasn damit?«

»Iss sie«, sagte ich schnell und ließ die Tür hinter mir zufallen, als der inzwischen erwachte Engel gerade dabei war, die Streichel- und Spielstunde fortzusetzen. Sodom und Gomorra!

In meinem Büro angekommen, warf ich Mason die Tasche mit Phils Kleidung entgegen. Zwischen meine Zähne hatte ich eine Papiertüte mit Frühstück geklemmt, das ich auf dem Weg besorgt hatte und in der anderen Hand die Becher. Wortlos hielt ich ihm den Kaffee hin.

»Danke.«

Ich nickte schlecht gelaunt und bemerkte das Blinken meines Anrufbeantworters.

»Mrs. Allingston hat angerufen, um sich zu erkundigen, wie du vorankämst«, erklärte Mason, noch bevor ich die Nachricht abgehört hatte.

Mist. Die Klientin des Ehemanns, dem ich gestern seine Untreue nachweisen sollte.

»Darum kümmere ich mich später. Du bleibst weiter hier und ich mach meinen Job.«

Ich betrachtete ihn kurz. Obwohl sich ein Schatten unter seinen Augen abzeichnete, sah er unanständig gut aus. Der Schnitt über seiner linken Augenbraue war verschorft, doch eigentlich hätte er schon längst nicht mehr zu sehen sein sollen.

»Ich nehme an, dass du mir nicht sagen wirst, warum deine Wunden noch immer nicht verheilt sind?« Ich lehnte mich rücklings gegen meinen Schreibtisch und nahm einen Schluck von meinem Kaffee.

»Richtig angenommen«, erwiderte Mason und öffnete die Tüte mit dem Frühstück. Kritisch linste er hinein.

»Dir ist bewusst, dass ich alle Informationen benötige, die mich irgendwie weiterbringen könnten?«

Mason verzog das Gesicht und wich meinem Blick aus. »Du kannst dir schon sicher sein, dass ich dir alles Nötige dazu gesagt habe.«

»Ach?«

Plötzlich wurde Masons Miene finster. »Ja. Wenn ich nämlich *wüsste*, warum ich nicht normal heile, *hätte* ich es dir gesagt.«

Ich gab mich unbeeindruckt. Statt drauf einzugehen, stieß ich mich vom Schreibtisch ab und sagte: »Geh nicht an mein Telefon!«, ehe ich die Bürotür hinter mir zuknallte.

Was für ein Arschloch. Bis ich seine herzliche Persönlichkeit kennengelernt hatte, war es mir schleierhaft gewesen, warum er immer noch Junggeselle war. Nun konnte ich verstehen, dass es keine seiner Affären länger mit ihm ausgehalten hatte.

KAPITEL 3

Zaghaft klopfte ich gegen die unscheinbare Tür an der Rückseite des viel zu pompösen Gebäudes. Die königliche Residenz war ein riesiges Anwesen, das mit etlichen vergoldeten Statuen und Verzierungen geschmückt war. Die Fenster wurden von Stuck umrahmt und Säulen aus Marmor kennzeichneten den Eingang, zu dem eine breite Kiesauffahrt führte. Dagegen fiel die schlichte schwarze Tür hier an der Seite kaum auf.

Als keine Antwort kam, klopfte ich erneut. Diesmal etwas lauter und energischer, bis ich schließlich Schritte hörte und eine Frau, die aussah, als hätte sie soeben etwas Verdorbenes gegessen, die Tür aufriss.

»Ja bitte?« Ihre Stimme klang wie das klägliche Mauzen eines Straßenkaters.

»Ms. Malkins?« Ich streckte ihr meine Hand entgegen, die sie jedoch nur untätig anstarrte, als wäre ihr diese Geste fremd. »Guten Tag, ich bin Chloe Sanchez. Eine Freundin von mir, Amanda Tears, sagte, dass ich hier eventuell eine Anstellung finden könnte.«

Ms. Malkins musterte mich von oben bis unten, den Mund noch immer angewidert verzogen. »Kannst du putzen? Und bist dabei diskret?«, schnauzte sie mich an.

War das ihr verdammter Ernst? Hatte die Frau Augen im Kopf? Man sah mir meine lateinamerikanische Herkunft deutlich an. Ich erfüllte perfekt das Klischee!

»Ja, Ma´am, selbstverständlich kann ich das.« Gespielt demütig senkte ich den Kopf. Ich war mir ziemlich sicher, dass Ms. Malkins eine Person war, die gern auf ihre Untergebenen herabsah. Die verbitterte Frau, die ihre besten Jahre eindeutig schon hinter sich hatte, murrte und verschwand in dem Gang hinter der Tür. Da sie diese offen ließ, fasste ich es als Einladung auf und folgte ihr.

Der dunkle, schmucklose Gang führte zu einer Treppe, über die man in die Küche gelangte. Auf etlichen Herden köchelten und brutzelten die verschiedensten Mahlzeiten vor sich hin. Ein großer dicker Dämon humpelte durch die Gänge zwischen den Arbeitsgeräten und den Zubereitungstischen. Hin und wieder probierte er, schwenkte da eine Pfanne, rührte dort in einem Topf und bellte knappe Anweisungen in Richtung der Küchenjungen. Obwohl die Technik auf dem neuesten Stand war, wirkte es hier ein wenig wie im Mittelalter. Die Wände waren unverputztes Gemäuer, die Pfannen und Töpfe glänzten kupfern und ein uralter Steinofen thronte in der Mitte einer Wand.

»Du beginnst als Spülmädchen«, sagte Ms. Malkins und drückte mir einen Schwamm in die Hände. Verwirrt sah ich sie an, woraufhin sie genervt seufzend auf einen riesigen Stapel Töpfe, Pfannen, Teller und Gläser wies. Sie grinste boshaft. »Du hast doch wohl nicht gedacht, ich lasse jede dahergelaufene Mieze direkt ins Schloss, damit sie sich an die Herren Prinzen ranschmeißen kann, oder?« Sie schüttelte den Kopf im selben Takt wie den erhobenen Zeigefinger.

Oh wie falsch sie damit lag.

Ich widmete mich dem Stapel und schnappte mir den Topf, der mir am nächsten stand. Breit grinsend hielt ich ihn hoch und begann, ihn ausgiebig mit übertrieben ausladenden Bewegungen zu scheuern.

»Fein. Wenn du mit dem Berg dort fertig bist, sag bescheid und ich komme wieder. Bridget wird deine Fähigkeiten in der Zeit beurteilen.« Sie deutete auf ein verschüchtertes Mädchen in der Ecke, das mir bisher kaum aufgefallen war. Ihr mausbraunes Haar war zu einem Zopf im Nacken gebunden und die geröteten Wangen durchzogen von kleinen roten Äderchen. Bridget erschien mir nicht viel älter zu sein als ich.

Kaum war Ms. Schreckschraube zur Tür hinaus verschwunden, legte ich den Schwamm zur Seite und beäugte Bridget, die damit beschäftigt war, Silber zu polieren.

»Du solltest dich lieber ranhalten. Ms. Malkins mag keine langsamen Dienstmädchen«, warnte mich ihre feine Piepsstimme.

»Bist du schon lange hier im Schloss?«, fragte ich, statt weiter zu machen.

»Ein paar Jahre«, antwortete Bridget so leise, dass ich die Antwort beinahe nicht mitbekommen hätte.

»Und wie ist es hier so?«

Das Mädchen sah unsicher zu dem Berg an Geschirr, den ich zu bearbeiteten hatte. Es schien ihr beinahe körperlich unangenehm zu sein, dass er so dalag. Ich griff nach dem nächsten Topf und führte meine Aufgabe fort.

Sichtlich beruhigt ließ sie sich weiter auf das Gespräch ein. »Der Lohn ist immer pünktlich da, wir haben ein Dach über dem Kopf und kriegen sogar Verköstigung.« Es schien, als würde sie mehr sich als mir einreden wollen, wie gut sie es damit hatte.

»Und wie sind die Arbeitsbedingungen sonst so?«, bohrte ich nach.

Bridget sah sich geduckt um, doch niemand scherte sich um uns. Trotzdem schüttelte sie bloß verschüchtert den Kopf und polierte den Löffel in ihrer Hand weiter, obgleich man sich bereits längst darin hätte spiegeln können.

»Meine Freundin hat mir erzählt, dass es neulich ´ne ganz schöne Aufregung hier gab …«, lenkte ich vom Thema ab und kam damit zu dem, was mich eigentlich interessierte.

Bridget hielt in der Bewegung inne. Ich sah sie an und war überrascht, denn sie grinste, bevor sie ihre Gesichtszüge wieder unter Kontrolle bekam. »Es gab ein paar Vorfälle.«

Ich hob die Augenbraue. »Was denn für Vorfälle?«

Sie sah einen Moment aus, als würde sie überlegen, ob sie es mir wirklich erzählen sollte, und sagte dann hinter vorgehaltener Hand: »Es sind Leute gestorben.«

Bridget, Liebes, hast du etwa eine kleine Vorliebe für Tratsch und Klatsch?

»Was?«, gab ich mich schockiert. »Wer?«

»Ein paar vom Personal. Ein Zimmermädchen, Josefine, wurde von einer Spinne gebissen und dann wurde auch noch der Vorkoster vergiftet.«

»Wie furchtbar!« Ich legte gespielt ergriffen die Hand auf die Brust.

Bridget winkte ab.

»Offenbar beides keine Personen, denen du groß nachweinst, hm?«

Ihre Mundwinkel zuckten, als müsste sie ein Grinsen unterdrücken. Sie schüttelte den Kopf und lachte leise. »Ich weiß, man soll nicht schlecht über Verstorbene reden, aber Josefine war ein Biest. Und Roger war ein arrogantes Arschloch.«

Volltreffer.

»Du kanntest sie also näher?«

Bridget nickte ernst. »Ich hab mit Josefine zusammen gearbeitet. Wir waren für die Gemächer der Prinzen und der Prinzessin eingeteilt. Eine verantwortungsvolle Aufgabe, dafür muss man lange gut und gewissenhaft arbeiten.« Ich nickte löblich und wartete, bis Bridget fortfuhr. »Sie hat mir immer die Bereiche zugeteilt, auf die sie keine Lust hatte. Ich putzte also gerade die Toilette, als es passiert ist. Josefine hatte das Bett des Prinzen Mason gemacht, da schrie sie plötzlich wie am Spieß. Ich rannte zu ihr ins Zimmer, doch da war sie schon davongelaufen. Kreischend wie ein kleines Mädchen.« Josefine musste wirklich ein Biest gewesen sein, dass Bridget solch einen Hass auf sie hatte.

»Und was war passiert?«

»Sie ist von einer Spinne gebissen worden, die im Bett war.« Bridget zuckte mit den Schultern und tat so, als könnte das schon mal vorkommen.

»Was denn für eine Spinne? Von einem Spinnenbiss stirbt man doch nicht so schnell.«

»Ich war auch ganz schön erschrocken. Wenn Josefine nicht so gemein gewesen wäre, hätte immerhin auch ich das Bett machen können. Seitdem traue ich mich nicht mehr in die Gemächer. Die Küche wird durch einen Zauber von Schädlingen freigehalten, hier kommt kein Krabbeltier herein.«

»Hast du die Spinne gesehen?«

Bridget verzog das Gesicht, als sie zaghaft nickte. »Ganz kurz. Ich musste sie der Polizei beschreiben. Später haben sie sie dann gefunden und eingefangen, aber ich habe noch immer Albträume davon, dass sie irgendwo im Schloss ein Nest haben könnte und lauter kleine Babys auf mich lauern.« Bridget beschrieb mir eine überraschend kleine, aber pelzige Spinne mit einer auffälligen roten Färbung am ganzen Körper. Von einem schwarzen Rücken abgesehen. In diesem Moment bemerkte ich, dass ich von Spinnen absolut gar keine Ahnung hatte. Ich würde später unbedingt recherchieren müssen. Sogleich ertappte ich mich dabei, wie ich nach Spinnenweben Ausschau hielt. Hatten die Viecher wirklich richtige Nester? Ein paar Horrorszenen spielten sich in meinem Kopf ab und ich widerstand nur schwer dem Drang, mich zu schütteln.

»Jetzt musst du aber wirklich weitermachen«, drängte Bridget und ergriff eine Schüssel neben mir, um mir unter die Arme zu greifen.

»Oh, danke dir«, seufzte ich theatralisch. »Ich glaube, dieser Job ist nicht wirklich was für mich.«

Ich half ihr dabei, obwohl ich weder Lust dazu noch wirkliches Interesse an diesem Job hatte. Doch so wie ich die Schreckschraube Malkins kennengelernt hatte, würde sie ihren Frust ansonsten sicherlich an Bridget ablassen.

»Und was ist mit Roger geschehen?«

»Was? Oh, Roger.« Die junge Frau hielt kurz in ihrer Bewegung inne und zerdrückte dabei den Schwamm. »Roger war ein Arschloch. Er … er war ein verdammtes Arschloch«, sagte sie zu dem Topf, den sie als nächstes griff.

»Ja, stimmt, das erwähntest du bereits. Wie ist er denn gestorben?«

»Vergiftet. Das ist auch der Grund, warum die Stimmung hier in der Küche so mies ist. Siehst du Escobar dort drüben?« Sie deutete auf den Dämon, der gerade aus einem Topf probierte. »Er ist der angesehenste Sternekoch des Landes und darf seit Jahren schon für die Königsfamilie kochen. Roger war der Vorkoster. Falls jemand was mit den Speisen anstellt, weißt du? Naja und vor ein paar Tagen war das wohl so weit.«

»Du meinst, jemand hat das Essen vergiftet, um ein Mitglied aus der Königsfamilie zu töten?« Ich tat weiter fassungslos.

Bridget nickte wichtigtuerisch. Inzwischen schien sie richtig Gefallen an dem Gossip gefunden zu haben, nach dem ich so gierte.

»Hat sich herausgestellt, wer?«

»Meine Güte, nein. Das wäre dann längst in der Presse zerrissen worden, ein Schauprozess wäre veranstaltet und der Täter möglichst publikumsnah hingerichtet worden, um ein Exempel zu statuieren.« Sie winkte ab. »Die haben noch keine Ahnung, wer dahinterstecken könnte. Und das Beste kommt noch, halt dich fest.« Bridget sah sich erneut um, aber niemand scherte sich einen Pfifferling um uns. Dennoch beugte ich mich ein wenig vor, um ihr ein Gefühl von Vertrautheit zu geben. »Prinz Mason ist seit gestern Abend verschwunden. Es hat sich noch nicht weit verbreitet, das meiste Personal hat noch gar keine Ahnung, man lässt sogar für ihn kochen, aber von seinem neuen Zimmermädchen weiß ich, dass er gar nicht da ist«, flüsterte sie. »Die, die schon tratschen und sich unbedingt den Mund zerreißen müssen, behaupten, er wäre einfach für ein Wochenende abgehauen, weil sein Leibwächter nämlich auch verschwunden ist. In irgendein Liebesnest. Aber ich weiß, dass er grad gar keine Geliebte hat. Die letzte hat nämlich heute noch versucht, ins Schloss zu kommen und wollte zu ihm. Ich mein, da stimmt doch was nicht.« Ich erwiderte ihren verschwörerischen Blick, ohne mit der Wimper zu zucken. Klar, stimmte da was nicht, aber was, würde ich ihr ganz bestimmt nicht verraten.

Bridget zuckte mit den Schultern. »Obwohl, wer weiß? Vielleicht ist er auch vor ihr geflohen. Eine äußerst anstrengende Person, wenn du mich fragst. Eine von denen, bei denen man das Gefühl kriegt, die hat ihre Blondierung ein bisschen zu lange einwirken lassen.«

Ich kam nicht umhin, kurz zu grinsen, fragte mich aber auch, ob ich diese Exflamme von Mason nicht eventuell mit in den Kreis der Verdächtigen aufnehmen sollte.

»Und die anderen? Was ist mit Prinz Ethan und Eleonora? Sind die auch verschwunden?«

Bridget schüttelte den Kopf. »Nein, die haben ganz normal ihr Frühstück eingenommen. Und der neue Vorkoster lebt auch noch.«

Wenige Stunden später nippte ich an einer Bierflasche. An einer Flasche, die ich vorgezogen hatte, als mir aufgefallen war, wie schal das Zeug aus dem Zapfhahn aussah. Ich blickte mich in der Kaschemme um, in die es mich getrieben hatte. Die versiffte Einrichtung sah aus, als wäre sie seit mindestens drei Jahrzehnten nicht erneuert worden. Kaputte Lampen waren lieblos mit anderen ersetzt worden, die nicht zum Rest passten, wenn überhaupt. In der Ecke stand eine uralte Musikbox, die nicht so wirkte, als würde sie überhaupt noch laufen. Hinter dem klebrigen Tresen stapelten sich glanzlose Gläser in einem Regal vor einem Spiegel, der schon mindestens seit der Eröffnung nicht mehr geputzt wurde. Eigentlich war es noch früh am Abend, doch die Kneipe war schon gut gefüllt. Nur die Person, die ich suchte, war noch nicht aufgetaucht. Laut dem unter einer Kapuze verhüllten Barkeeper war er heute den ganzen Tag noch nicht zu sehen gewesen.

»Komm schon, Max, wo steckst du?«, murmelte ich leise, während ich die Tür im Auge behielt. Nachdem ich das Schloss verlassen hatte, hatte ich mich den ganzen Nachmittag herumgetrieben und Leute befragt. Inzwischen war ich müde und wusste langsam nicht mehr weiter.

»Brauchst nicht weiter zu warten, Püppchen, ich bin da, das reicht«, sülzte eine Stimme rechts von mir. Ich widmete der Gestalt neben mir meine Aufmerksamkeit. Keine Ahnung, was das für einer war. Seine grünliche Haut und der hauerartige Kiefer erinnerten an eine Mischung aus Oger und Ork. Ich schnupperte unauffällig. Er war ein Dämon mit Wildschweinblut. Der Schaum seines Bieres hing in seinem spärlichen Bart über der Oberlippe und sorgte dafür, dass ich meinen Blick daraufhin nicht von einem haarigen Muttermal auf seiner rechten Wange ablenken konnte. Vielleicht war doch ein Oger oder Ork in seinem Ahnenfundus zu finden.

»Mit Puppen hab‘ ich nie gespielt. Hab‘ mal eine geschenkt bekommen und ihr daraufhin den Kopf abgerissen«, brummte ich beiläufig und stand auf, um mein potentielles Opfer, das soeben den Raum betrat, abzufangen, bevor er mich sah und sich aus dem Staub machen konnte. Unsere Blicke trafen sich und Max‘ Augen weiteten sich überrascht. Seine Hand fuhr herum, wollte gerade wieder die Tür aufstoßen, als ich zu ihm aufschloss und seinen

Unterarm umfasste. »Na, na, willst du nicht wenigstens ‚guten Tag' sagen, Max?« Ich lächelte ihn finster an.

»Chl-chloe!«, stotterte er. »Sch-schön dich zu sehen!« Was offensichtlich gelogen war. Nervös sah er sich um und strich sich fahrig durch sein ungewaschenes Haar, während ich wieder von ihm abließ.

Max war ein schmächtiger Kerl. Ein Mensch, der sich mehr schlecht als recht durchs Leben schlug. Das fehlende Selbstbewusstsein und die leicht zu beeinflussende Art hatten ihn bisher immer um seine jämmerlichen Jobs gebracht. Was wohl einer der Gründe war, weswegen er sich mit illegalen Geschäften über Wasser hielt. Nicht besonders erfolgreich, sondern eher der Typ Schmieresteher. Derjenige, der als erstes drangekriegt wurde, während alle anderen die Flucht ergriffen und ihn hängen ließen. So hatte ich in ihm jedoch einen guten Spitzel gefunden, auch wenn es nicht immer leicht war, Informationen aus ihm herauszukitzeln. Zu meinem Glück hatte der Kerl eine Scheißangst vor mir.

»Wie geht´s dir, Kumpel? Lang nichts mehr von dir gehört. Schön, dich auf freiem Fuß zu sehen!« Ich grinste ihn strahlend an. Seine Augen blinzelten und er verzog sein Gesicht zuckend wie jemand, der einen kleinen Tick hat. »Hör zu, ich brauch deine Hilfe.«

»Du-du bist aber nicht mehr bei der Polizei, oder? Du kannst mich nicht mehr mit einer Festnahme bedrohen«, setzte er an und versuchte dabei, standhaft zu wirken, was ihm gründlich misslang.

Kurz verkrampfte sich mein Innerstes. Das war ein schwieriges Thema für mich, doch ich zwang mich, keine Reaktion darauf zu zeigen. Ich packte ihn fest auf Höhe der

Halsbeuge, sodass es ihm fast wehtat (okay, nicht nur fast) und zog ihn zum Tresen. Der Wildschweindämon, der wie ein Oger aussah, musterte mich mit neu erwecktem Interesse.

»Nein, keine Sorge, Max. Komm, was möchtest du trinken? Ein Bier?« Ich hob die Hand und bestellte zwei Bier. Max saß wie ein Häufchen Elend auf dem schiefen Barhocker. Armer Tropf. Der vermummte Barkeeper öffnete uns zwei Flaschen und ich bezahlte.

»Ich weiß nichts, Chloe …«, begann Max, noch bevor ich eine Frage stellen konnte.

»Keine Ahnung, wovon du redest, Max. Ich kam nur her, um mit meinem alten Kumpel mal wieder ein Bierchen zu trinken.«

Max lachte leise und gekünstelt. Es klang verzweifelt. »Ach so? Du kamst noch nie, nur um ein Bier mit mir zu trinken.«

»Jetzt tu´ ich's aber.« Zur Bekräftigung trank ich mein Bier in einem Zug leer. Der Ogerwildschweindämon staunte nicht schlecht. »Ahh … das tat gut. Wie sieht´s aus, Max? Wollen wir uns nicht ein bisschen die Beine vertreten?« Ich sah ihm an, dass er gern etwas erwidert hätte, es letzten Endes aber doch nicht wagte. Ein bisschen tat er mir leid. Aber eben nur ein bisschen. Und so zerrte ich ihn, kaum dass er die Flasche auf dem Tresen abgesetzt hatte, durch die Bar zur Tür.

Draußen hakte ich mich falsch lächelnd in seinem Arm ein, um zu verhindern, dass er einfach abhaute, und führte ihn in eine kleinere Gasse um die Ecke. Es stank erbärmlich nach Abfällen und den Ausscheidungen dieser kleinen Feen-Biester. Deren Anwesenheit allzu deutlich wurde, als ich sah, wie die Müllberge in dem großen Container zu unserer Rechten in Bewegung waren. Flix' Artgenossen konnten manchmal so widerlich sein. Über unseren Köpfen waren von Haus zu Haus einige Wäscheleinen gespannt, doch hinter den Fenstern, die in die Gasse zeigten, war es dunkel. Irgendwo in der Ferne erklang Gelächter und das Klirren von Flaschen. Zu weit entfernt.

Ich zog Max an dem raschelnden Container vorbei und meinte sogar das Flirren der papierdünnen Flügel zu hören. Die Viecher sollten uns bloß fernbleiben. Erst am Ende der Gasse, wo es so dunkel wie still war, blieb ich stehen und ließ von Max ab. Absolute Privatsphäre war etwas anderes, doch für den Moment musste es genügen.

»Also g-g-gut, Chloe. Was willst du?«

»Wissen, bei wem man tödliche Spinnen und Gifte bekommen kann, wenn man es drauf anlegt.« Meine Stimme schlug sofort in jenen ernsten, geschäftlichen Tonfall um, den ich mir in den letzten Jahren angeeignet hatte.

Max blickte mich mit aufgerissenen Augen an, bevor er wieder den Augenkontakt abbrach und zu Boden sah. »Was hast du vor, willst du etwa jemanden umbringen?«

Ich schnaubte amüsiert. Traute er mir das wirklich zu? »Im Gegenteil. Aber nehmen wir mal an, ja. An wen würde ich mich am besten wenden, um sowas zu besorgen?«

»Nun ja …«, druckste er herum. »Das kommt drauf an, wie viel Geld du hast.«

»Nehmen wir mal einen Moment an, die Kapazitäten in die Richtung sind unerschöpflich. Stell dir vor, ich wäre reich.« Ich verdrängte die Vorstellung, wirklich reich zu sein und mal keine Klamotten in Lagerverkäufen ergattern zu müssen. »Hm, also dann wahrscheinlich Xao Lang. Was ich jedoch nicht raten würde, er ist ziemlich unberechenbar und laut einigen Leuten auf der Straße ein ziemlich mieser Geschäftspartner, der schon einige übers Ohr gehauen hat.«

»Nehmen wir an, das würde er sich bei mir nicht wagen.«

Max lachte. Diesmal war es echt. »Dann müsstest du schon ziemlich zur High Society gehören.«

»Gut.« Ich atmete genervt ein und aus. »Nehmen wir an, ich gehöre zur absoluten High Society. So, dass es gar nicht mehr viel höher geht.«

Max wurde wieder ernst. »Wovon redest du eigentlich, Chloe?«

Ich sah mich in der Gasse um. Niemand war zu sehen. »Was weißt du über Ethan Frost?«

»Ethan? Der Stiefsohn des verdammten Dämonenkönigs?«

Ich grinste kurz über das ‚verdammt' und nickte. »Wie viele kennst du noch?«

»Chloe, mit dem solltest du dich nicht anlegen. Echt nicht«, beschwor Max mich. Machte er sich etwa Sorgen?

»Hast du in letzter Zeit was von ihm gehört? Dass er sich in deinen Gefilden herumgetrieben hat zum Beispiel?«

»Im Ernst, Chloe. Du gehst da in eine ziemlich gefährliche Richtung!« Max schickte sich an, wieder zurückzugehen. »Egal was du dafür bekommst, hör auf gegen Ethan zu ermitteln. Es ist dein Leben ganz bestimmt nicht wert. Und meins auch nicht.« Mit diesen Worten rannte er die Gasse hinunter, verschwand hinter der nächsten Häuserecke und ließ mich allein. Vor Ethan hatte er ganz offensichtlich noch mehr Angst als vor mir.

Ich seufzte. Den ganzen Nachmittag schon immer und immer wieder derselbe Name. Und immer wieder dieselbe

Reaktion. Als ob ich zu dem unberechenbaren absoluten Oberboss des Schwarzmarktes marschieren würde, um ihn zu fragen: *»Hey Xao! Hast du zufällig in letzter Zeit mal ein paar Sachen für Ethan besorgt? Ne ausgefallene Spinne vielleicht? Oder ihm etwas Gift verkauft? Nein? Ach so.«*

Als ich wieder an der Kneipe vorbeiging, öffnete sich gerade die Tür. Der Wildschweindämon, der aussah wie ein Oger, verließ soeben den Laden und starrte mich wortlos an. Kurz konnte ich Max durch die offene Tür sehen. Er saß wieder am Tresen, kalkbleich wie eine Leiche.

KAPITEL 4

Zurück in der Detektei atmete ich kurz durch, bevor ich die Tür öffnete. Das war ein mieser, langer und erfolgloser Tag gewesen, nach einer miesen und ebenso erfolglosen Nacht. Meine Laune war im Keller. Obwohl ich eine Vermutung hatte, woher diese Spinne wohl kam, brachte es mich kein Stück weiter.

Ich trat ein und traute meinen Augen kaum. »Flix?«

Mason saß auf meinem Bürostuhl mit meiner Mitbewohnerin und besten Freundin vor sich auf dem Tisch.

»Chloe! Was erfahr ich da? Mason Frost in *deiner* Detektei und du sagst mir nichts?«, schnatterte sie vergnügt drauflos. »Scheinbar sind wir wohl doch nicht beste Freundinnen, hm?« Flix sah kurz so aus, als würde sie Mason gedanklich schon entkleiden, bevor sie vorwurfsvoll zu mir blickte.

Statt sofort zu antworten, hievte ich die Tüten mit chinesischem Essen auf den Schreibtisch und bedeutete Mason mit einem Fingerzeig, dass er gefälligst meinen Stuhl zu räumen hatte. Adliges Blut hin oder her.

»Ihr habt euch also schon kennengelernt, ja?«

Flix nickte über das ganze Gesicht strahlend. Die kleine schwarze Fee von der Größe eines Eichhörnchens hinterließ einen feinen dunklen Glitzer auf meiner Arbeitsfläche, als sie vor Aufregung mit ihren durchsichtigen Flügeln schlug und einige Zentimeter in die Höhe flog.

»Ich wollte dich eigentlich abholen, damit du mal auch nur einen Samstagabend nicht allein mit deinen Akten und schlechtem Fast Food verbringst.«

Ich vermied es, Mason anzusehen. Möglicherweise wurde ich gerade ein bisschen rot. »Sondern? Mit dir in einer Disco?«

Flix sah mich aufmunternd lächelnd an und wartete hoffnungsvoll auf eine begeisterte Zusage meinerseits.

Ich schnaubte belustigt. »Nein danke, aber ich weiß dein Angebot zu schätzen.« Umgeben von lauter verschwitzten Leuten zu ohrenbetäubender Musik stundenlang zu versuchen, einen arschteuren Drink an der Theke zu bekommen, an der anscheinend nur First Class Models bedient wurden, erschien mir nicht besonders verheißungsvoll.

Das letzte Mal war in einer zünftigen Schlägerei geendet, als mich eine dieser billigen Tussis »aus Versehen« angerempelt hatte und daraufhin prompt mein halber Drink auf meinem Shirt gelandet war. Der Rest davon hatte sich unerklärlicherweise in ihrem bauchnabeltiefen Ausschnitt ergossen, der nur knapp über dem Gürtel endete, der wohl einen Rock darstellen sollte. Es waren Gläser geflogen, ein Stuhl und etliche Extensions, bevor mich ein Türsteher sanft auf seiner Schulter hinausbefördert hatte. Um eine Anzeige war ich glücklicherweise herumgekommen.

Flix' Mundwinkel verzogen sich augenblicklich zu einem Ausdruck tiefer Enttäuschung, der jedoch nicht lange anhielt.

»Glaub mir, sie kann auch anders. Wirklich!«, versicherte sie Mason. Was für ein Gespräch war mir bisher entgangen, als ich mich in dunklen Kaschemmen herumgetrieben hatte?

Mason erwiderte nichts darauf, sondern grinste nur spöttisch. »Hast du etwas herausgefunden?«

Ich nestelte an dem Knoten der Plastiktüten herum und griff nach der nächstbesten Box darin. Bratnudeln. »Nichts, was uns wirklich weiterhilft. Ich habe zwar den Namen von jemandem, bei dem er Spinne und Gift beschafft haben könnte, aber der hilft uns nicht weiter.«

»Wieso nicht?«

Ich seufzte. Er klang nicht so, als wäre er gewillt, meine Einwände zu verstehen. »Weil dieser Jemand scheissgefährlich ist und ganz sicher nicht zugeben wird, dass er mit Ethan zusammenarbeitet. Und ich es auch nicht darauf anlegen werde.« Ich unterstrich die Ernsthaftigkeit meiner Worte, indem ich wild mit meinen Essstäbchen herumfuchtelte. »Ich hab‘ nirgendwo eingewilligt, mich für diesen Fall umlegen zu lassen.«

Mason guckte grimmig an mir vorbei. Ein paar Sekunden sagte er nichts, bevor er theatralisch tief Luft holte und schnaubend ausatmete. »Vielleicht hätte ich dich besser nicht damit beauftragen sollen … das war möglicherweise doch ein Fehler.« Resigniert prüfte er den Inhalt der Box, die ich ihm zugeschoben hatte, und beäugte kritisch eine Minifrühlingsrolle.

Mein Kopf ruckte hoch. »Hey, nur weil ich nicht direkt am ersten Tag den Durchbruch erreiche, heißt das nicht, dass ich nicht in der Lage bin, dir zu helfen!« Er hatte einen empfindlichen Punkt getroffen. Mein Ego.

»Also wirst du weitermachen?« In Masons Augen blitzte es auf. Mit einem Schlag wirkte er nicht mehr so dumpf, müde und abgekämpft wie noch wenige Sekunden zuvor.

Ich kräuselte die Lippen. Geschickter Kerl. Er hatte es drauf angelegt und mir etwas vorgemacht. »Weitermachen ja, nur werde ich eine andere Spur suchen.«

»Auf jeden Fall kannst du solange nicht weiter hier bleiben. Chloe, der Mann braucht dringend eine Dusche!«, tadelte Flix und rieselte ein wenig Glitzer auf mein Essen, als sie sich eine Sojasprosse aus meinen Nudeln fischte. Ich hasste das und sie wusste es. Aber sie hatte recht.

»Du willst ihn mit nach Hause nehmen?«

»Hey, das klingt, als wäre ich ein dahergelaufener Streuner!«

Ich legte den Kopf schief und beließ es bei einem Lächeln statt einer Antwort. Er schnitt mir eine Grimasse.

»Na schön«, seufzte ich. Mein Büro eignete sich tatsächlich nicht als dauerhafte Unterkunft, das musste ich zugeben.

Masons Blick glitt abschätzig über die Wände unseres Wohnzimmers, zum Sofa bis hin zur offenen Küche mit dem großen Tisch in der Mitte, auf dem sich die inzwischen leeren Keksschachteln kläglich präsentierten. Mitbewohner waren doch was Feines.

Phil war in seinem Zimmer, ich hörte den dumpfen Bass seines eigenartigen Musikgeschmacks. Wahrscheinlich machte er sich gerade für den nächsten exzessiven Partyabend schick.

Während Flix dem Prinzen zeigte, wo er duschen konnte, huschte ich in mein Zimmer und sammelte in Windeseile alle Slips und schmutzigen Klamotten vom Fußboden, um sie in einer Schublade verschwinden zu lassen.

Heißer Dampf entwich dem Raum, als Mason nur mit einem Handtuch bekleidet das Badezimmer verließ. Es war rosa mit Einhörnern drauf und gehörte Phil. Eine ganze Weile starrte ich es an, bis mir durch den Kopf schoss, dass er denken musste, *ich* hätte einen heimlichen Fimmel für dicke gehörnte Ponys, denen Regenbögen aus dem Hinterteil kamen.

Ich verdrängte den Gedanken daran. Es zu erklären würde wohl noch peinlicher werden und nach einer dummen Ausrede klingen. Also riss ich mich von dem Anblick los und blieb an anderer Stelle hängen. Die Fotos in den Klatschblättern waren definitiv nicht retuschiert. Warum hatte er sich nicht im Badezimmer wieder angezogen? Mir schoss das Blut in den Kopf und meine Wangen wurden warm.

Mason hielt Phils Shirt in die Höhe. »Ich fürchte, das ist nass geworden.«

Ich kniff die Augen zusammen. Wahrscheinlich hatte Flix ihn nicht vor dem spritzenden Wasserhahn gewarnt.

Die sauste stattdessen mit ständig wechselnden Outfits zwischen dem offenen Wohnbereich und ihrem kleinen Reich in der Abstellkammer hin und her. Offenbar hatte sie trotz unseres Gastes vor, auszugehen, auch wenn sie diejenige war, die ihn eingeladen hatte.

Ich seufzte also, gab mich geschlagen und holte Mason ein Kissen und eine Decke, um es ihm auf dem Sofa, auf dem heute Morgen noch ein riesiger Engel seinen Rausch ausgeschlafen hatte, bequem zu machen.

Phil kam aus dem Zimmer, schick zurechtgemacht. Seine Locken kringelten sich frech, aber sorgfältig frisiert. Zu einem grauen Wollpullover trug er eine passende Bluejeans und Budapester Schuhe. Gerade warf er sich lässig einen Schal um. »Uhh, wen haben wir denn da?« Er beäugte den Prinzen interessiert.

»Jemanden, der anscheinend noch mal neue Klamotten von dir bräuchte.« Ich war müde. So unendlich müde.

Als ich am nächsten Morgen ins Wohnzimmer kam, diesmal mit mehr bekleidet als nur einem Morgenmantel, fand ich Mason in voller muskulöser Pracht auf dem Sofa vor. Die Wolldecke hatte er sich offensichtlich zurückgestrampelt, ein Bein lag oben auf der Rückenlehne, eines auf dem Boden. Immerhin schnarchte er nicht.

Ich versuchte, nicht zu genau hinzuschauen, ehrlich, doch für einen kurzen Moment blieb mein Blick an einer ganz bestimmten Stelle hängen. Gut, vielleicht auch nicht ganz so kurz.

Als ich wieder in sein Gesicht schaute, sah er mich an.

Ups.

Ich errötete und bemühte mich um Fassung, was mir leider nicht ganz so gut gelang, wie ich gehofft hatte. Statt etwas betont Lässiges zu sagen, bekam ich einen höchstpeinlichen Hustenanfall.

Mason indessen richtete sich unbeeindruckt auf und erhob sich. Seine leichte Bekleidung schien ihn in keiner Weise zu stören. Er kratzte sich abwesend am Bauch und rieb dabei über jene Muskeln, die doch ehrlich gesagt nur dafür da waren, seine Betrachter aus dem Konzept zu bringen.

Ich räusperte mich und versuchte, ein vernünftiges Wort herauszubringen. »Kaffee?« Geschafft.

Er nickte gähnend und griff sich die neue Hose und den Pullover. Eine Auswahl von Phil, die erstaunlich figurbetont war. Kurz musste ich grinsen. Wie sehr die Muskeln sich unter dem Stoff abzeichneten, war sicherlich kein Zufall. Genauso wenig wie der V-Ausschnitt, der für meinen Geschmack zu tief war.

»Bisschen eng …«, kommentierte Mason sein neues Outfit und bewegte sich vorsichtig, als befürchtete er, dass der Stoff jeden Moment reißen könnte. Und das trotz der Aussparungen am Rücken, die Phil wegen seiner Flügel brauchte.

Ich grinste noch mehr und stellte wortlos einen Becher vor ihm auf den Tisch. Ein Blick in den Kühlschrank verriet mir, dass sich nur wenig in diesem Haushalt dazu eignete, als Frühstück eines Prinzen serviert zu werden.

»Ich würde dir ja unheimlich gern etwas Tolles kredenzen, doch wie es aussieht hast du die Wahl zwischen Cornflakes und … Cornflakes.« Ich schüttelte die mäßig gefüllte Milchtüte und überlegte zum Bäcker zu gehen, wenn wir wenigstens etwas zum belegen gehabt hätten.

Mason winkte ab. »Kaffee reicht völlig, danke.«

Ich hielt inne. Hatte ich da gerade tatsächlich ein *Danke* gehört?

»Und was steht heute auf dem Plan?«, wollte er wissen.

»Heute gehen wir zu Olga.«

»Wer ist Olga?«

»Eine Hexe. Sie hat die Schutzbanne in meinem Büro gesprochen, erinnerst du dich?« Ich schloss den Kühlschrank unverrichteter Dinge und ließ ihn in der Küche stehen. Ein bisschen genoss ich es, ihn so auf die Folter zu spannen, nachdem er gestern noch so unfreundlich gewesen war. Ein erstes Danke hin oder her. »Aber die hat erst heute Abend für uns Zeit.«

»Und was machen wir bis dahin?«

Ich runzelte die Stirn. »*Ich* gehe jetzt ins Büro. *Du* parkst deinen königlichen Hintern auf dieser Couch und wartest, bis ich dich abhole.«

»Aber-«

»Nein«, sagte ich schlicht und grinste ihn an. »Eure königliche Hoheit kann sich mit«, ich warf einen schnellen Blick auf den Fernseher, »Nachrichten vergnügen.« Ich dachte bereits an meine große Pinnwand, an die ich Fotos heften konnte, nur um sie dann – wie in irgendeiner billig prodozierten Thriller-Serie – mit roten Bindfäden miteinander zu verbinden. Machte optisch echt was her, ob es nun half oder nicht. Okay, meistens half es nicht. Aber manchmal, manchmal ließ es mich einen anderen Blick auf die ganze Situation werfen. Zumindest redete ich mir das gern ein, um zu kaschieren, dass ich es einfach unglaublich cool fand.

In diesem Moment faselte der Nachrichtensprecher etwas davon, dass der Dämonenprinz vermisst würde und alle Welt nach ihm suchte. Man ging von einer Entführung aus. Ich hielt inne und sah noch einmal zurück zu Mason, doch er verzog keine Miene und schaltete stumm auf einen anderen Kanal.

In meinem Büro tat ich dann doch nichts anderes, als unsinnig vor mich hinzustarren. An der Pinnwand hingen lediglich die Worte »Ethan«, »Spinne«, »Gift«, »Xao Lang?« und »Golem«. Das war alles, womit ich derzeit arbeiten konnte. Das Kinn auf meinen verschränkten Fingern gestützt, die Ellenbogen auf dem Tisch, seufzte ich unzufrieden. Vor mir lagen verschiedene Illustrierte ausgebreitet, die ich auf dem Weg hierher besorgt hatte. Sie alle überwarfen sich mit reißerischen Überschriften zu Masons Liebesleben. *»Mason Frost – Ist sie seine Neue?«*, *»Heimliches Treffen im Kellingston Hotel – Das steckt hinter der Affäre des Dämonenprinzen«*, *»Ist sie ihm peinlich? Jetzt spricht sie«*, prangte in großen, weißen Buchstaben auf rotem Untergrund. Nichts davon half weiter. Ich hatte ihren Hintergrund gecheckt, Bridget hatte nicht untertrieben. Stella Hutchersen hatte die Schule abgebrochen, sich durch diverse skandalöse Beziehungen mit meist eher durch Drogenexzessen bekannt gewordenen Musikern einen gewissen Bekanntheitsgrad erworben und es damit auf eine beachtliche Zahl von Followern in diversen sozialen Netzwerken gebracht. Doch eine Verdächtige war sie nicht.

Sie hatte kein Motiv, im Gegenteil, sie und ihre Geltungsgier waren abhängig von Mason.

Das Telefon läutete und das Display verriet mir, dass Mrs. Allingston versuchte, mich zu erreichen. Verdammt, die hatte ich ganz vergessen. »Mrs. Allingston! Schön, von Ihnen zu hören! Ich wollte Sie gerade anrufen-«

»Ersparen Sie mir die Ausreden«, fauchte sie. Ich sah sie förmlich vor mir. Die botoxaufgespritzte Wasserstoffblondine, die das Fortschreiten ihres Alters jenseits der dreißig anscheinend nicht akzeptieren wollte und deswegen stur in bauchfreien Tops herumstolzierte, damit auch jeder ihr hippes Piercing sehen konnte. »Ich habe etliche Male versucht, Sie zu erreichen! Haben Sie die Fotos? Ich weiß, dass er es am Freitag mit dieser Schlampe getrieben hat!«

Ich hielt den Hörer auf Abstand. »Mrs. Allingston, unglücklicherweise kann ich Ihnen noch keine Erfolge vermelden …«, begann ich und suchte in Gedanken nach einer Möglichkeit zu erklären, warum ich zu beschäftigt für ihren Fall war. Doch mir fiel auf die Schnelle nichts ein, das sie zufrieden gestellt hätte, ohne dass ich blöd dastand. Ich konnte ihr schließlich schlecht erzählen, dass ausgerechnet der Prinz höchstselbst mir vor die Motorhaube gelaufen war, egal wie berechtigt ich die Aussage fand. Obwohl das für sie wahrscheinlich auch kein akzeptabler Grund gewesen wäre, ihren Auftrag zu unterbrechen. Es sei denn, Masons Nummer wäre für sie rausgesprungen. Ja, ehrlich, ich glaubte, die Frau brauchte einfach mal wieder einen verdammt guten Fick.

Wüste Beschimpfungen holten mich aus meinen Gedanken zurück.

»Mrs. Allingston, hören Sie«, versuchte ich, sie zu beschwichtigen. »Sie wollen doch sicher, dass Ihr Gatte nichts von der Beschattung mitkriegt. Deshalb ist es wichtig, dass wir vorsichtig vorgehen. Es gab einen Zwischenfall am Freitag, der die Aufmerksamkeit auf mich gelenkt hätte, das geschieht bedauerlicherweise hin und wieder. Eine Observierung benötigt Zeit.«

»Und was bitte war das für ein Zwischenfall?«, tönte sie lautstark.

Ich musste den wohl heißesten Mann auf Erden retten und ein paar Ghule überfahren. Hatte ich das jetzt gerade wirklich gedacht?

»Der Hintereingang, durch den Ihr Mann das Hotel zu verlassen gedachte, war … kurzfristig versperrt.«

»Er ist also vorne raus und Sie standen hinten, hm? Fabelhaft. Glauben Sie ja nicht, dass Sie mir diese Stunden in Rechnung stellen können!« Sie legte auf. Immerhin hatte sie mir noch nicht den Fall entzogen, doch ich bezweifelte, dass das noch lange so bleiben würde.

Mir fiel meine Kamera ein und dass ich dringend Ersatz brauchen würde. *Verfluchte Feen.* Ich beschloss, die Rechnung auf Mason umzuschreiben.

Mit dem Hörer in der Hand, sah ich noch einmal zur Pinnwand. Eigentlich war ich hergekommen, um ein bisschen Ruhe zu finden. Allein zu sein half mir zu gewissen Zeiten, um klare Gedanken zu sammeln, doch ohne die nötigen Informationen kam ich nicht weiter.

Ich hatte schon begonnen, meine Haustelefonnummer zu wählen, als ich doch wieder auflegte. Wenn ich mit Mason sprach, dann vielleicht doch lieber von Angesicht zu Angesicht. Um seine Reaktionen zu beobachten. Zu sehen, wann er den Blick senkte und auswich oder nervös wurde.

Auch wenn das bedeutete, dass meine einzige Erkenntnis in dem Fall war: dass Masons Flamme ein Flittchen war, das sicher nichts mit der Sache zu tun hatte. Immerhin konnte ich unterwegs noch etwas zu Essen besorgen. Irgendwo hatte sicher ein Supermarkt auch am Sonntag geöffnet und wenn es am Hauptbahnhof war.

Ich quetschte mich durch die Menge an Shoppingwütigen, die selbst an diesem Tag nicht auf das ultimative Einkaufserlebnis verzichten wollten.

Ein blonder Engel versperrte mir mit ihren Flügeln den Weg. Sie begutachtete vor einem billigen Klamottenladen mit allerlei Souvenirs die Ständer mit Taschen und Rucksäcken, die mit den trendigsten Mustern und Sprüchen bedruckt waren. *»Nicht drücken, ich hab' einen Joghurt im Beutel«*, *»Ich hab das schon verstanden, ist mir nur egal«* oder *»Sei immer du selbst, außer du kannst ein Einhorn sein, dann sei ein Einhorn.«* Schon wieder Einhörner. Ein Hype, der sich mir wohl nie erschließen würde. Vor allem, da er bei den Menschen ausgebrochen war. Ausgerechnet dem Volk, das für die Ausrottung dieser Tiere verantwortlich war. *Verdammte Heuchler.*

Ich konnte mir ein spöttisches Grinsen nicht verkneifen. Über den merkwürdigen Dutt auf ihrem Kopf hinweg, schielte ich zu ihren hoch auftürmenden Federn. Engel verzichteten meist auf Rucksäcke. Sie waren für sie einfach unglaublich unpraktisch, war es doch schon außerordentlich amüsant mit anzusehen, wie sie sich an- und auszogen.

Scheinbar fiel ihr das in eben jenem Moment auf, als sie einen davon in die Hand nahm und den rechten Arm hineinsteckte. Sichtlich frustriert hängte sie ihn wieder weg und entschied sich für ein glitzerndes Portmonee mit bunten Pailletten im Meerjungfrauenlook.

Ich räusperte mich. »Darf ich mal?« Ich drängte mich an ihr vorbei und beachtete nicht, wie sie mich, in ihrem glücklichen Shoppingwahn gestört, böse anfunkelte.

Der Supermarkt war bis zum Bersten gefüllt. Haufenweise Touristen holten sich ihre Verpflegung, um die Zeit bis zu der Abfahrt ihres Zuges zu überbrücken, und des geregelten Tagesablaufs unfähige Studenten versorgten sich mit dem, was sie noch brauchten, um den Sonntag zu überstehen. Die meisten von ihnen wirkten dezent verkatert.

»Nee, das nich' … das hier, guck mal, das hier ist bio *und* vegan.« Eine Frau schob sich an mir vorbei zu ihrem Freund, in der Hand eine Packung Tofu.

Ich atmete tief durch. Vielleicht hätte ich einfach eine Pizza bestellen sollen, sobald ich zu Hause war. So stand ich vor der alles entscheidenden Frage, was ich einem Prinzen kochen sollte, nachdem ich ihn bisher nur mit Chinabratnudeln und Cornflakes verköstigt hatte. Was musste das wohl über mich aussagen? Wahrscheinlich, dass ich eine absolute Niete am Herd war, was der Wahrheit entsprach. Wozu ihm oder mir etwas vormachen? Ich legte also kurzerhand die nächst beste Tiefkühlpizza (jetzt konnte ich diesem just aufkeimenden Appetit darauf nicht widerstehen) auf das Laufband und dazu noch ein paar Aufbackbrötchen und Aufschnitt. Die Milch vergaß ich.

»Also beginnen wir noch einmal von vorn.« Ich hatte die Einkaufstüte auf dem Esstisch abgelegt und war gerade damit beschäftigt, sie auszupacken.

Mason hatte den Fernseher inzwischen wieder ausgeschaltet und sich offensichtlich an meinem Bücherregal bedient. Er legte mein Lieblingsbuch, *Das Bildnis des Dorian Gray* von *Oscar Wilde*, zur Seite als er sich mir widmete.

»Ich weiß, dass du nicht gern darüber sprichst und dich noch weniger gern wiederholst, aber ich brauche schon ein bisschen mehr, um zu wissen, wonach ich suchen soll.«

Mason atmete hörbar ein und setzte sich neben mir auf einen der Stühle. Zunächst dachte ich, es wäre ein herablassendes Schnauben, wie ich es schon von ihm gewohnt war, doch dann sah ich seinen betrübten Gesichtsausdruck und die grüblerische Miene.

»Ich weiß es selbst nicht«, sagte er leise und sah mir dabei so tief in die Augen, als würde er mir in die Seele blicken wollen. Ich erschauderte. War es das Gespräch mit Flix, das ihn so verändert hatte? Ich mein, heute Morgen hatte er sogar danke gesagt!

»Eben noch war ich in meinem Zuhause, dem Ort, an dem ich mich immer sicher gefühlt habe, umgeben mit Dämonen, denen ich - na gut, nicht trauen konnte, obwohl doch. Ja, ich habe einigen von ihnen vertraut. Und nun scheint es, als gäbe es das alles nicht mehr«, sprudelte es aus ihm heraus. »Versteh mich nicht falsch, ich war schon länger vorsichtig, weil ich Ethan so etwas in der Art schon zugetraut habe, doch dass es soweit kommt, habe ich nicht erwartet.« Grimmig blickte er an mir vorbei ins Nirgendwo.

Ich versuchte, mich in seine Lage hineinzuversetzen. Ein bisschen konnte ich nachvollziehen, wie es sich anfühlen musste, einer Hetzjagd ausgesetzt zu sein. Aber nach dem Leben trachtete mir bisher niemand. Zumindest nicht so aktiv, dass ich es mitbekommen hätte.

»Wie war denn euer Verhältnis bisher? Ihr seid miteinander groß geworden, oder?«

Mason nickte. »Ja, wir drei. Eleonoras und meine Mutter starb als wir noch klein waren. Mein Vater meinte, es wäre nicht gut, uns ohne angemessenen Ersatz aufwachsen zu lassen, und sah sich schnell nach einer neuen Frau um.« An seinem abschätzigen Blick konnte ich sehen, was er von dieser Einstellung hielt.

»Stimmt, deine Schwester, Eleonora.« Die hatte ich schon wieder ganz vergessen.

Mason verzog das Gesicht und erneut trat die Angst um sie in seine Züge. »Über sie haben sie nichts in den Nachrichten gesagt.« Ob er extra nach einem Hinweis über ihre Sicherheit Ausschau gehalten hatte? Ich vermutete es.

»Du machst dir Sorgen um sie?«

»Immer«, erwiderte er und stieß ein dünnes Lachen aus. »Schon seitdem sie klein war. Irgendwie hat Eleonora ein Talent dafür, sich in unangenehme Situationen zu bringen.«

»Aber jetzt scheinst du derjenige zu sein, für den es unangenehm ist«, entgegnete ich und räusperte mich.

Mein Blick huschte unruhig durch das Zimmer, bis er wieder bei ihm landete. »Wenn ich jetzt ein Familienmensch oder so wäre, würde ich sagen, dass das für dich als Bruder spricht.«

Er sah auf und damit in meine Augen. Doch er sagte nichts.

»Na schön«, seufzte ich und bemühte mich dabei um einen sanften Tonfall. »Immerhin haben wir noch eine letzte verfolgbare Spur. Und soweit ich in Erfahrung bringen konnte, geht es ihr gut.« Ich versuchte, ein aufmunterndes Lächeln zu Stande zu bringen und hielt den Augenkontakt, bis sich eine Tür öffnete und unser Blickduell beendete. Gerade in dem Moment, als Mason anscheinend etwas sagen wollte.

»Stör ich?«

Ich wandte mich Phil zu und musste unwillkürlich stutzen.

»Was hast du denn vor?«

Die Parfümwolke, in die er sich gehüllt hatte, benebelte mir die Sinne. Diesmal in weißem Hemd, beige karierter Krawatte und dazu passender Weste gekleidet, trat er ins Wohnzimmer und präsentierte sich in voller Montur. »Na? Wie seh ich aus?«

»Ähm, großartig. Mit wem gehst du aus? Etwa der Mensch von Freitagnacht?«

Phil grinste über beide Ohren, doch dann schüttelte er den Kopf. »Der Engel. Wir haben ein Date. Er lädt mich ins *Glam* ein, ist das zu fassen?«, rief er freudestrahlend.

»Was, der Engel, der hier in Unterhose auf dem Sofa geschlafen hat?« Ich deutete vage zur Couch und registrierte eine Bewegung neben mir. Mason richtete sich auf und sah von mir zu Phil zum Sofa, auf dem er selbst die letzte Nacht verbracht hatte. Ich verkniff mir ein Grinsen. Was hatte er gedacht? Dass es eigens für ihn angeschafft worden war?

»Ach, sag mal, wenn ihr nachher zu Olga geht, kannst du mir dann noch *was* mitbringen?«, fragte Phil und schielte dabei unauffällig zu Mason herüber.

Ich nickte und winkte ihm lächelnd zum Abschied, als er die Wohnung verließ.

KAPITEL 5

»Chloe, wie schön dich zu sehen!«, rief Olga mit ihrem starken, russischen Akzent und nahm mich überschwänglich in den Arm.

Ich lächelte und erwiderte ihre herzliche Begrüßung, die ich bei keiner anderen Person dulden würde, abgesehen vielleicht von Flix, die ziemlich witzig und irgendwie süß aussah, wenn sie versuchte, etwas von mir zu umfassen.

Die früher goldenen und nun weißen Haare der in die Jahre gekommenen Hexe hingen glatt bis zu ihrem unteren Rücken hinunter und glänzten beneidenswert gesund über ihrer gemütlichen Strickjacke. Olga war einst eine wunderschöne Frau gewesen, das hatte ich auf Fotos gesehen. Jetzt sah sie aus wie die liebe Omi, die sich jeder wünschte. Zumindest wenn man nicht wusste, wie sie wirklich aussah oder womit sie ihre Mahlzeiten zubereitete.

Ich dachte kurz mit Grauen daran, wie ich einmal einen Hühnerfuß in meiner Schüssel gefunden hatte, als sie mich einst zum Essen eingeladen hatte. Und das war noch harmlos.

»Freut mich auch, Olga.«

»Und wen hast du da mitgebracht? Ist das? Das ist doch ...« Ich nickte und schob mich an ihr vorbei in ihr Apartment. Der schmale Flur war mit einem so dicken Läufer belegt, dass man das Gefühl hatte, darin zu versinken. An den

Wänden hingen Fotos von Familienmitgliedern und dazwischen waren Regale angebracht, auf denen allerlei Figuren und Pflanzen standen. Außerdem hatte Olga einen Fable für Uhren. Sie waren beinahe überall zu finden. Wenn man ihre Wohnung mit einem Wort hätte beschreiben wollen, wäre es wohl ‚voll' gewesen und doch war nirgends ein Staubkorn zu finden.

Mason schüttelte freundlich lächelnd ihre Hand.

Mit einer gehobenen Augenbraue beobachtete ich ihn dabei, wie er sich Olga charmant vorstellte. Noch während sie ihn in ihr überladenes Wohnzimmer schob, bot sie ihm zahlreiche Erfrischungen und Snacks an, die er freundlich ausschlug. Er konnte also doch nett. Könnte mir mal einer sagen, warum er dann mir gegenüber immer wieder so pissig reagierte?

»Ich habe nicht damit gerechnet, dass du so bald wiederauftauchen würdest. Ist Philipps Ration etwa schon wieder aufgebraucht? Er sollte vorsichtig damit sein.«

»Das sage ich ihm auch immer, aber ehrlich gesagt, bin ich heute außerdem aus einem anderen Grund hier«, antwortete ich und sah dabei zu Mason, der sich in der etwas altmodisch eingerichteten Wohnung umsah. Mir wurde bewusst, dass er sein ganzes Leben im Schloss gelebt und ansonsten wohl nur die schicksten Hotels von innen gesehen hatte. Wie viele Wohnungen der normalsterblichen Bürger hatte er wohl vor dem gestrigen Tage betreten?

»Das dachte ich mir schon.« Auch Olgas Blick ruhte auf Mason. »Und was genau kann ich für euch tun?«

»Ich brauche eine Weissagung von dir.«

Olga sog scharf die Luft ein. »Du weißt genau, das ist eine heikle Angelegenheit und ich kann dir keine Sicherheiten gewähren.«

Ich nickte bedächtig. »Ich weiß.«

Sie atmete tief durch. Mir war klar, dass sie Weissagungen hasste. Sie hielt sich bevorzugt mit dem Verkauf ihrer Tinkturen über Wasser, zog Schutzbanne oder stellte Amulette her.

»Und ich muss wissen, wer gewisse Zauber verkauft haben könnte.«

Olga sah mich interessiert an. »Ein Fall, hm?«

Ich nickte bedeutungsschwer.

»Von was für einem Zauber sprechen wir hier?«

»Einem Golem«, schaltete sich Mason ein. Er hatte sich mit etwas Abstand zu mir auf das samtige Sofa mit den zahlreichen Spitzenkissen gesetzt und wirkte massiv fehl am Platz. »Er hat mich vorgestern angegriffen.«

»Vorgestern?« Olga beäugte ihn kritisch. »Wieso heilt Ihr nicht?«

Es fiel also nicht nur mir auf. Olga beugte sich über den Couchtisch und griff ihm ins Gesicht, um ihn mit stierem Blick in die Augen zu sehen. Nach einigen sich hinziehenden Sekunden ließ sie ihn los und setzte sich wieder auf ihren Stuhl. Sie zupfte sich ihre Strickjacke zurecht, ehe sie wieder etwas sagte. »Ihr sucht nach jemandem, der mehr als nur den Golem verkauft hat. Jemand hat Euch geschwächt. Und dafür muss er sehr nah an Euch herangekommen sein.«

Mason richtete sich auf und erwiderte ihren durchdringenden Blick. »Wie nah?«

»Nahe genug, um Euch beispielsweise eine Prise eines Pulvers entgegen zu hauchen. Womöglich im Schlaf.«

»So nahe kommen mir nur wenige Personen.«

Sie zuckte mit den Schultern und legte den Kopf schief. »Nun ... das wäre die zuverlässigste Methode. Natürlich aber nicht die einzige«, gab sie zu. Sie trank aus einer Tasse, die vor ihr auf dem Tisch stand. »Verlieren wir keine Zeit.«

Sie geleitete uns in ein Nebenzimmer, dessen Einrichtung weitaus weniger heimelig anmutete. Die Wände waren mit schwarzen Tüchern verhangen und verdeckten teilweise dunkle Eichenholzregale, in denen sich neben Büchern allerart Tinkturen und Zutaten reihten. Auf dem Boden umringten schwarze Samtkissen einen niedrigen runden Tisch, der mir bis zu den Schienbeinen reichte. Ich war bisher noch nicht oft hier drin gewesen. Meist brachte sie mir die Fläschchen nach vorn und übergab sie mir dort.

Ich wusste, was mich erwarten würde, als ich mich zu Olga umdrehte, doch Mason ließ ich spaßeshalber unvorbereitet. Der Schreck, der ihm in die Glieder fahren würde, war meine persönliche Wiedergutmachung für die letzten Tage. Und tatsächlich. Seine Augen weiteten sich, als er Olga anstarrte und er wich einen Schritt zurück. *Volltreffer.* Ich konnte mir ein Grinsen nicht länger verkneifen.

Olgas Äußeres hatte sich mit dem Eintreten in diesen Raum schlagartig verändert. Als hätte man sich eine Brille aufgesetzt und mit einem Mal festgestellt, dass man, statt mit einer attraktiven Schönheit, in Wirklichkeit mit einem Brückentroll geflirtet hat.

Die eben noch hübschen Haare hingen nun in wenigen dünnen Strähnen von ihrem Schädel herunter und umrahmten ein runzliges, warziges Gesicht. Würde sie lächeln, würde es einen Mund voll schwarzer Lücken offenbaren, doch Olga war diese Erscheinung äußerst unangenehm. Sie schlurfte mit gekrümmtem Rücken an uns vorbei und kramte einige Kerzen aus einem Schrank neben den Regalen, während Mason ihr sichtlich schockiert hinterher sah. Sein Blick wanderte hinunter zu der mit Knochen verzierten Halskette und dem löchrigen blauen und mit Flicken übersäten Rock, der an ihr herunterhing.

So sehr mich sein Schock auch amüsierte, als sie uns den Rücken zugewandt hatte, stupste ich ihn mit dem Ellenbogen in die Rippen und maßregelte ihn mit einem Blick.

»Setzt euch, setzt euch«, wies Olga uns an und winkte dabei zu den Kissen am Boden.

Noch einmal stieß ich Mason an, der sich noch immer nicht rührte, sondern gnadenlos gaffte. Das war offensichtlich der Anstoß, den er gebraucht hatte, denn er zuckte kurz zusammen, sah mich blinzelnd an und setzte sich dann stumm neben mich. Olga weiter zu betrachten, traute er sich anscheinend nicht mehr.

Diese wiederum hatte sich mit ihrem jetzigen Erscheinungsbild abgefunden oder entschieden, sich nichts weiter daraus zu machen. Stattdessen zündete sie nun die Kerzen an und schloss die Augen, ihre Hände erwartungsvoll erhoben.

»Ihr müsst mich schon anfassen«, sagte sie nach einer Weile.

Mason warf mir noch einen kurzen, zweifelnden Blick zu, bevor er den Mut fasste, Olgas Hand zu ergreifen, so wie ich es zeitgleich mit der anderen tat.

Mit der Berührung änderte sich die Welt schlagartig. Der dröge im Kopf machende Duft von Räucherwerk stieg mir in die Nase. Dichter Nebel umhüllte uns, während wir, uns an den Händen haltend, im Kreis saßen. Viel mehr konnte ich nicht erkennen, doch ich wusste, dass es Olga anders erging. Sie konnte klar sehen, während ich im trüben Wasser nach Schatten fischte. Sie erkannte, was die Geisterwelt ihr sagen wollte.

Was Mason sah, wusste ich nicht. Er war nicht halbmenschlich so wie ich, sondern ein reiner Dämon. Ich spürte lediglich, wie er die Muskeln anspannte.

»Ihr seid in großer Gefahr, Majestät.« Olgas Stimme war tief und rauchig.

»So viel wussten wir schon vorher«, flüsterte ich dazwischen.

Gleich zwei Augenpaare warfen mir giftige Blicke zu, sodass ich mit den Lippen ein lautloses »Tschuldigung!« formte und den Kopf einzog.

»Ich sehe den Golem«, fuhr Olga fort.

»Auch von wem er kommt?«, fragte ich.

Sie zögerte. »Ich spüre seine Herkunft. Sie kommt mir vertraut vor. Und ich sehe … ich sehe einen Polizisten!«

Ich horche auf. »Einen Polizisten?«

Die Hexe nickte langsam. »Ja, ich kann seine Marke erkennen.«

»Kennst du ihn? Ist es ein Mann? Mensch, Dämon, Hexer oder Engel?«

Olga verzog das Gesicht zu einer angestrengten Miene. Auf ihrer Stirn entstanden tiefe Furchen. »Das kann ich nicht sehen. Er steht im Dunkeln. Ich kann nicht einmal erkennen, ob er Flügel hat oder nicht. Aber es ist ein Mann. Und er trägt die Marke.«

»Was siehst du noch?« Das konnte doch nicht alles sein.

Sie schüttelte den Kopf. »Es ist, als würde mich jemand blockieren.«

»Ethan arbeitet also tatsächlich mit einer anderen Hexe zusammen«, schlussfolgerte Mason und sagte damit nach langer Zeit das erste Mal wieder etwas. Olga nickte und löste die Berührung unserer Hände.

»Mehr ist da nicht zu sehen.«

»Aber du hast etwas spüren können, hast du gesagt. Von wem der Zauber kam, als du den Golem gesehen hast«, bohrte ich nach.

Sie wog den Kopf hin und her. »Das ist nicht aussagekräftig genug. Ich werde ein paar Nachforschungen anstellen und mich mit einigen aus meinem Zirkel beratschlagen. Vielleicht kann ich so herausfinden, wer den Zauber verkauft hat. Es muss auf jeden Fall jemand Mächtiges sein. Aber wenn er mit der Königsfamilie arbeitet, ist auch nichts anderes zu erwarten.«

Ich nickte. »Mhmm … die werden sicher nicht mit einer Scharlatanin vom Wochenmarkt arbeiten.«

Ich erntete einen weiteren scharfen Blick von Olga, den ich grinsend entgegnete. Ja, ich wusste von ihren Anfängen.

Wir standen auf. Mason, wirkte nun etwas entspannter.

»Ich wusste, die Polizei ist involviert«, murmelte er und sah mich mit diesem Ich-habs-dir-ja-gesagt-Blick an. Ich war zu genervt, um darauf zu reagieren.

»Ein Cop, der die Gesetze aushebeln will?« Ich konnte es nicht so recht fassen.

Olga erhob sich mühsam und ächzend, um erneut zu ihrem Schrank zu gehen. Sie zog eine Schublade auf und wühlte darin herum. Einige Fläschchen klirrten gegeneinander. »Leider habe ich die Tinktur für deinen

Freund nicht mehr vorrätig. Unglücklicherweise habe ich nicht mehr alle Zutaten, um sie sofort neu zu brauen, da wirst du ein wenig warten müssen.«

Der arme Phil. Ohne dieses Zeug mutierte er zu einem Trauerkloß. Seitdem er seinen Job bei der Strafvollzugsanstalt verloren hatte, bei dem wir uns damals kennengelernt hatten, kam er nicht mehr besonders gut mit dem Leben klar und war in eine tiefe Depression gesunken, die er mit seinen wilden Partyexzessen zu verbergen versuchte.

»Verstehe«, sagte ich und zog einen zerknitterten Schein aus meiner Hosentasche. Der ohne Loch.

Olga griff zu, doch hielt sie meine Hand daraufhin fest. »Die Weissagung ist damit nicht abgegolten.«

Ich wand mich. »Wieder so ein ominöser Termin in der Zukunft?«

Sie schüttelte den Kopf. »Nein, diese hier kostet mehr.« Sie holte einen spitzen Dolch aus ihrer Schublade hervor. Ich verzog das Gesicht. Mir war klar, dass Mischlingsblut für Hexen unheimlich wertvoll war, doch ich mochte mir dabei keinesfalls vorstellen, was es für mich bedeutete, dass sich meine DNA darin verbarg. Auch wenn ich Olga nicht kriminell einschätzte, mochte ich nur ungern meine Hand dafür ins Feuer legen. Wer konnte mir sagen, wo mein Blut hinterher auftauchen würde? Oder schlimmer noch, was für Auswirkungen Zauber damit auf mich haben würden?

»Es ist deutlich mächtiger, wenn du es mir mit deinem Einverständnis gibst.«

Ich schlug die Augen nieder und atmete einmal tief durch, bevor ich zaghaft nickte. »Ich geh‘ davon aus, dass du damit nicht irgendeinen Voodoo anstellst und mir später unansehnliche Furunkel wachsen lässt oder dergleichen?«

»Voodoo hat seinen Ursprung in Afrika. Ich bin Russin, Liebes.«

Ja, weil das auch so einen Unterschied machte.

Ich wandte mich schon zum Gehen. Mason war bereits vorgegangen, da packte sie mich noch einmal am Arm und riss mich förmlich zurück. Mit einem Blick, der mir das Blut in den Adern gefrieren ließ, kam sie mir bis auf wenige Zentimeter nahe. »Auch du bist in Gefahr, Chloe. Gib auf dich Acht, meine Teure. Und pass auf, dich nicht selbst zu verlieren, denn es gibt eine schwere Entscheidung, die über dir schwebt.« Ich blinzelte sie erstaunt an.

Ihr sonst so starker Akzent war plötzlich verschwunden. »Diese Weissagung war gratis.«

»Das war doch mal … interessant«, bemühte Mason sich, die passenden Worte zu finden, als wir Olgas Haus verließen.

Ich lachte leise. »Du hast mich bewusst nicht vorgewarnt, oder?« Verdammt, der Kerl war wirklich nicht auf den Kopf gefallen. Ich schwieg, doch meine Mundwinkel zuckten verräterisch.

Diesmal lachte er. »Nun, das hab´ ich verdient, schätze ich«, gab er zu.

Und ob er das hat!, schoss es mir durch den Kopf.

»Hör mal, ich wollte … nun ich …«

»Du wolltest danke sagen und weißt nicht, wie?«, unterbrach ich sein Stottern. »Nun, das ist eigentlich ganz einfach. Es gibt da so ein Papier, das heißt Scheck.« Ich formte mit meinen Fingern ein Rechteck in Scheckheftgröße. »Und je mehr man sich bedanken möchte, desto mehr Nullen schreibt man hinter die erste Zahl …«

Er verdrehte die Augen und knuffte mir spielerisch in die Schulter. »Verstanden, mach dir darüber mal keine Sorgen.« Lächelte er gerade? »Nein, eigentlich wollte ich mich entschuldigen.«

Ich hielt inne und sah ihn mit großen Augen an. Dabei tastete ich suchend meine Taschen ab. »Moment, kannst du das noch mal sagen? Irgendwo muss ich doch mein Diktiergerät haben … Das muss für die Ewigkeit festgehalten werden!«

Er hob eine Augenbraue, bevor er weitersprach. »Wirklich witzig. Es tut mir leid, dich mit in diese Angelegenheit hineingezogen zu haben. Wie die Weissagung bestätigt hat, gibt es nicht sonderlich viele, denen ich trauen kann.« Ich wusste, dass er darauf anspielte, dass er mit dem Polizisten in seiner Vermutung richtig lag, und überlegte, was er wohl davon halten würde, wenn er wüsste, dass ich selbst einst Polizistin gewesen war.

»Du weißt auch nicht, ob du mir trauen kannst.«

Er verlangsamte das Tempo und vergrub sein Gesicht bis zu den Wangenknochen in dem Schal, den ich ihm geliehen hatte. Es war über Nacht schlagartig kalt geworden.

»Mag sein«, murmelte er. »Doch irgendwem *muss* ich vertrauen.«

Ich sah ihn an, als er kurz schwieg und dabei mit gefurchter Stirn zu Boden blickte. »Deine Freundin ist außergewöhnlich«, kam er wieder auf Olga zu sprechen.

Angespannt suchte ich nach den richtigen Worten. »Ich kann verstehen, dass sie einen einschüchtern kann, aber glaub mir, sie hat ein Herz aus Gold.«

Wieder sagte Mason eine Weile nichts, ehe er antwortete. »Einschüchternd? Ich hab' mir fast in die Hose gemacht!« Er lachte. »Aber ich glaube dir. Weißt du, ich kenne deine Freunde kaum, aber sie sind alle etwas Besonderes.« Jetzt sah er mich an. »Flix, Phil und Olga, sie alle sind so völlig anders, als ich auf den ersten Blick erwartet habe.«

Mit dieser Einschätzung seinerseits hatte ich nicht gerechnet, auch wenn das, was er sagte, natürlich stimmte. Flix hatte ein erstaunlich anständiges Leben und gehörte unter ihresgleichen zur Oberschicht. Dass Phil nicht ganz normal war, brauche ich an dieser Stelle nicht zu erwähnen. Und auch Olga war – naja, Olga eben.

»Mir gefällt das«, sagte er, während ich noch meinen Gedanken dazu nachging. »Es sagt `ne Menge über dich aus.«

Ich blieb stehen, wollte etwas erwidern, doch dann sah ich in diese stechend graublauen Augen und blieb still.

Mason hatte seine Maske fallen gelassen und mich wieder einmal überrascht. Mir blieb die Spucke weg. Wenn ich es nicht besser wüsste, hatte sogar mein Atem einen Augenblick ausgesetzt.

Kurz kam ich mir vor wie in einem dieser kitschigen Liebesromane, die ich nur heimlich las (vielleicht auch verschlang) und garantiert nicht offen sichtbar in meinem Regal stehen ließ.

‚Eigentlich hat Chloe den Männern abgeschworen. Doch dann tritt der augenscheinlich ach-so-arrogante Mason plötzlich in ihr Leben und bittet sie um Hilfe. Es dauert nicht lange, da ahnt sie, dass in dem unwiderstehlichen Dämonenprinzen möglicherweise doch ein charmanter Kerl steckt. Können die beiden ihre Differenzen überbrücken und finden doch noch zueinander?'

Ich prustete leise und erntete damit einen skeptischen, ja vielleicht sogar etwas verletzten Blick, bevor ich nuschelnd um Verzeihung bat.

»Wir kriegen das schon hin, Mason. Ich helfe dir gerne. Und das nicht, weil du mich dafür bezahlst, okay? Nicht mehr lange und du bist zurück in deinem tollen Schloss mit den Bediensteten und Escobars fantastischen Leckereien«, versprach ich. Ich hätte schwören können, dass er die Stirn runzelte und etwas sagen wollte, doch er schwieg und sah sich um.

Wir waren inzwischen in einem Industriegebiet nahe dem Fluss angekommen. Eine Abkürzung, die ich gern nahm, denn mit dem Auto musste man sich quer durch die Stadt quälen, um von meiner Wohnung hierher zu gelangen.

Eine Schar Feen lenkte meine Aufmerksamkeit auf sich. Wie ein aufgescheuchter Schwarm schossen sie hinter einem Müllcontainer an der nächsten Ecke hervor und flohen verschreckt in alle Richtungen. Mason hielt genauso inne wie ich. Seine Ohren, die sicher besser waren als meine, zuckten.

Doch kurz darauf war das Stampfen nicht mehr zu überhören, das sich auf uns zu bewegte.

Wir sahen uns an.

»Ist das-?«

»Der Golem.« Kaum hatte Mason es ausgesprochen, erschien ein riesiger humanoid wirkender Lehmklotz in einfacher Lederrüstung an der Stelle, wo eben noch die Feen davongebraust waren. Jetzt verstand ich, warum er Mason vorigen Freitag überwältigen und durch das Fenster werfen konnte. Der Golem maß gute zwei Meter fünfzig und war ungefähr drei Mal so breit wie ich.

»Lauf. Zum Fluss«, raunte ich Mason zu und stieß ihn an, damit er sich in Bewegung setzte. Zeitgleich griff ich nach der Plane, die zwischen dem Müllhaufen neben uns an einer mit Graffiti besprühten Hauswand lag. Ich zerrte sie zurück, holte aus und ließ den Wind den Rest erledigen, als der blaue Kunststoff dem Golem ins Gesicht trieb. *Volltreffer.* Er ruderte mit den Armen und wirkte kurz genauso hilflos, wie man es von einem Lehmklumpen erwartete. Aber nur kurz.

Ich nutzte die Gelegenheit und zog Mason am Arm mit mir. Sofort rannte auch er los und war schon bald schneller als ich.

Der Golem hatte sich inzwischen von der Plane befreit und setzte zur Verfolgung an. Mit großen Schritten verfiel er in einen Trott, der die Erde beben ließ.

Ich legte mich ins Zeug und holte zu Mason auf, um die Führung zu übernehmen, denn im Gegensatz zu ihm kannte ich mich hier aus. Zielsicher steuerte ich nach links und hörte seine schnellen Schritte hinter mir. Im Zickzack führte ich ihn durch die kleinen Gassen zwischen den Boots- und Lagerhäusern hindurch. Langsam gewannen wir einen

Vorsprung gegenüber unserem Verfolger. Wir hatten noch eine Abzweigung vor uns. Dort hinter dem Container müsste das Wasser vor uns auftauchen. Kurz schoss mir durch den Kopf, was für ein Glück wir hatten, dass wir beide so gut in Form waren, da lief ich auch schon in den Maschendrahtzaun und wurde schmerzlich ausgebremst. Ein Draht auf Augenhöhe war durchtrennt und verbogen, Fortuna sei Dank hatte ich meinen Kopf gerade gedreht, um nach unserem Verfolger zu sehen, sodass es nur meine Schläfe erwischte.

»Au, verdammt!«, fluchte ich und krümmte mich, während ich taumelnd versuchte, mein Gleichgewicht wiederzuerlangen. Meine Finger ertasteten einen tiefen, blutenden Kratzer in meinem Gesicht.

Nur Sekunden später war Mason an meiner Seite. Das musste gerade wirklich großartig ausgesehen haben.

»Alles in Ordnung?«

»Ja, wir müssen über diesen Zaun«, brachte ich zähneknirschend hervor. In der Dunkelheit war nur eine Böschung hinter dem Grundstück zu erkennen, doch ich konnte das brackige Wasser schon riechen.

»Okay, wir machen eine Räuberleiter und ich schau, ob ich einen anderen Weg finde.«

Ich schüttelte den Kopf und hielt ihm meine verschränkten Hände hin. Ich sah noch immer Sternchen vor den Augen.

»Er verfolgt dich, nicht mich.« Ich bemühte mich, keinen Mucks zu machen, als Mason sich mit dem Fuß in meinen geformten Tritt stellte und ich ihm Hilfestellung gab, um über den Zaun zu kommen. Die Blöße gab ich mir nicht. Sobald er drüben war, sah ich mich um. Der Container, hinter dem wir Deckung gesucht hatten, stand zu weit vom Zaun entfernt, doch der nächste war dichter an der Grundstücksgrenze abgestellt worden.

Gerade als ich diese Fluchtmöglichkeit erkannte, tauchte unser Verfolger hinter mir auf und holte mit seiner riesigen Pranke aus.

Ich wich ihm mit einer Flugrolle aus, aus deren Schwung ich nahtlos in einen Sprint überging, und bedankte mich im Geiste für meine gute Ausbildung. Ich hatte erwartet, dass das Ungetüm sich Mason zuwandte und sich an dem Zaun zu schaffen machen würde, doch der in Form gebrachte Haufen Matsch setzte mir tatsächlich hinterher.

Ich hastete zu dem Container, den ich auserkoren hatte, und erklomm die Leiter an der Seite.

Matschhaufen hingegen hatte sichtliche Probleme die riesigen Stumpen, die er als Füße hatte, auf den Sprossen unterzukriegen. Ich verlor keine Zeit und nahm die zwei Meter Anlauf, die mir auf dem Metallklotz zur Verfügung standen.

Ich habe keine Ahnung, ob Mason mich auffangen wollte oder ob er einfach nur ein bewundernswertes Talent dafür besaß, im Weg zu stehen, aber ich landete ziemlich unsanft auf ihm. So heftig, dass wir die Böschung hinunterpurzelten und im knietiefen Wasser landeten. Mein Körper brüllte vor Schmerz.

Einen Moment unfähig mich zu bewegen, verfolgte ich keuchend, wie der Golem den Zaun durchschritt und damit niedertrampelte, als wäre er gar nicht da.

Mason fluchte. »Was jetzt?« Er schickte sich an, mir aufzuhelfen, doch da hatte ich mich schon aufgerichtet.

Ich zuckte mit den Schultern. »Schon mal gesehen, was passiert, wenn du Lehm ins Wasser wirfst?«

Irritiert sah er mich an. »Du meinst …?«

»Dass er uns im Wasser nicht gefährlich werden kann«, sagte ich bibbernd. Mein Unterkiefer zitterte, so wie kurz darauf mein ganzer Körper. Ein wenig hatte ich die Hoffnung, dass er uns dennoch hier hineinfolgen würde, um dann im Schlamm zu zergehen, doch ganz so dumm schien der Golem nicht zu sein. Er ließ uns nicht aus den Augen, während er in seinem Lehmhirn scheinbar nach einer Lösung suchte, an uns heranzukommen.

Mason sah zu dem Ungetüm ans Ufer, das auf- und abging. »Und was nun? Wir können ja nicht ewig hier drinbleiben.«

»Nun, von dir hab' ich bis jetzt keinen besseren Vorschlag gehört«, entgegnete ich inzwischen heftig schlotternd.

Er sah sich um und schlang ebenfalls die Arme fest um seinen Körper. »Lange halten wir es jedenfalls nicht hier drin aus. Wie gut kannst du schwimmen?«

»Ziemlich gut, aber bei der Kälte?« Ich hatte nicht das Bedürfnis, ihm zu offenbaren, dass ich mit meinen halben Dämonenkräften nicht mit ihm mithalten konnte. Ich schaute mich nach einem sicheren Ausstieg aus dem Fluss um.

»Sieh mal, da.« Ich deutete mit einem Kopfnicken zum nächsten Steg ein paar hundert Meter weiter. Ein kleines Motorboot schaukelte an dessen Ende. Der Steg selbst war vom Ufer her durch eine Gittertür abgesichert, doch für uns, die schon im Wasser standen, war er mit einer kurzen Schwimmeinlage erreichbar. Mason nickte mir zu und watete vor mir her durchs Wasser. Das eisige Wasser raubte mir schier den Atem, als ich das rettende Boot erreichte. Mason war schneller gewesen und scheinbar mühelos hineingeklettert, doch ich tat mich schwer. Bei der Tiefe hatte ich keinen Halt und bekam die Seitenwand nicht richtig zu fassen.

Er ergriff gerade meine Hand, um mich heraufzuziehen, als der Golem sich an dem Tor zu schaffen machte. Es war stabiler gebaut als der Maschendrahtzaun, doch die Kette klirrte und ächzte bereits bedrohlich.

Mit einem Ruck hob Mason mich aus dem Wasser und hievte mich ins Boot, wo ich auf ein Brett fiel und sitzen blieb. Er beschäftigte sich bereits mit dem Motor und versuchte, ihn ins Wasser zu lassen, doch der rührte sich nicht.

Bevor er noch mit roher Gewalt das halbe Boot zerstörte, schob ich ihn beiseite, löste den Sicherheitskippmechanismus, öffnete den Benzinhahn und die Sauerstoffzufuhr, um dann den Choke herauszuziehen und den Motor zu starten.

Mason sah mich verblüfft an.

»Mein Dad hat mich mal auf ‘ne Angeltour mitgenommen«, erklärte ich knapp und bemühte mich dabei um eine feste Stimme. Immerhin schien dieser Ausflug wenigstens für eine Sache gut gewesen zu sein.

Ich zuckte zusammen, als sich der Golem lautstark bemerkbar machte. Die Kette, die das Tor zusammenhielt, war gerissen. Das Ungetüm stapfte erneut auf uns zu.

»Nichts wie weg hier«, murmelte Mason und übernahm das Steuer.

Ich nickte und rutschte zur Seite, die Arme fest um meinen Körper geschlungen, doch da war schon Masons Hand an meiner Taille, die mich an seine Seite zog. Ich spürte ihn warm neben mir und atmete seinen inzwischen recht vertrauten Geruch ein. Er rieb mit der freien Hand über meine Schulter, während das Boot über das Wasser raste. »Wir kommen gleich ins Warme«, sagte er und zog mich noch etwas fester an sich.

Diese liebevolle Geste überforderte mich. Und auch wenn sie nicht besonders viel half, wurde mir dennoch von innen her warm. Vermutlich hätte ich vernünftig sein und von ihm abrücken sollen. Doch für meine Vernunft war ich noch nie besonders bekannt gewesen.

Zitternd vor Kälte und mit eisigen Fingern brauchte ich eine Weile, bis ich die Tür zu meiner Wohnung aufgeschlossen hatte. Achtlos stieß ich sie auf und stolperte hinein. Kalt, mir war so verdammt kalt.

Die Wohnung wirkte wie ausgestorben. Alles war dunkel. Ich schleppte mich durch den leeren Flur ins große Wohnzimmer, von dem auch die anderen Räume abgingen.

»Wir müssen uns dringend aufwärmen.«

»Als erstes müssen wir aus den Klamotten raus«, stimmte er zu und stellte sich vor mich. Meine Hände hatte ich mir unter die Arme geklemmt. »Und dann am besten unter die Dusche.«

Ich nickte. Meine Finger waren taub und ich spürte meine Zehen bereits nicht mehr. Und aufgrund des Schwächungszaubers, von dem Olga gesprochen hatte, ging ich stark davon aus, dass es ihm nicht anders erging.

»Wo sind die anderen? Phil und Flix?«, fragte Mason scheinbar beiläufig, als er mein Gesicht in die Hände nahm und die Stelle an meiner Schläfe begutachtete, bevor er mir einen langen Blick schenkte. Auch wenn ich nur zur Hälfte Dämonin war, spürte ich bereits, dass sie anfing zu verheilen.

»A-a-ausgeflogen. Phil ist bei Brian und Flix ihre Eltern besuchen«, erklärte ich zitternd und ein wenig überfordert mit dieser plötzlichen Vertrautheit und Sorge in seinem Blick.

Er zog an meinen Jackenärmeln und streifte sie mir von den Schultern. Auch als er seine Finger unter meinen noch nassen Pullover schob, um ihn mir nach einem kurzen Zögern über den Kopf zu heben, ließ ich ihn gewähren. Und das, obwohl sein Gesicht mir dabei immer näherkam.

So stand ich da, den Oberkörper nur noch mit einem BH bekleidet, und spürte seinen warmen Atem auf meinen Wangen. Ob er meinen Herzschlag rasen hören konnte? Mit Sicherheit.

Ich überlegte, ob er nun von mir erwartete, dass ich es ihm gleichtat, während ich den Blickkontakt mied und stattdessen an seinen wohl geformten Brustmuskeln hängen blieb, die sich durch das feuchte Shirt abzeichneten. Waren die die ganze Zeit schon da gewesen?

Ich überwand mich, löste mich von ihm und ging, ohne ihm einen weiteren Blick zu schenken, ins Badezimmer. Vielleicht auch, um zu verstecken, wie knallrot ich inzwischen im Gesicht war. *Nein, das war definitiv nicht klug, Chloe.* Ich sollte das Ganze stoppen und zwar hier und jetzt.

Die Tür ließ ich angelehnt, während ich mich meiner Hose entledigte, was definitiv nicht so sexy aussah, wie ich es gern gehabt hätte. Glücklicherweise folgte er mir erst in den Raum, als ich schon das Wasser angestellt hatte und unter der Dusche stand.

Der Vorhang raschelte nur leicht, als er hinter mir in die Wanne trat. Nackt! Natürlich nackt. Mit Klamotten stieg schließlich niemand unter die Dusche! Was für Gedanken schossen mir da nur gerade durch den Kopf?

Ich spürte ihn dicht hinter mir, ohne mich zu ihm umdrehen zu müssen. Sollte ich ihn rausschmeißen? Sagen, dass er seinen Dämonenhintern gefälligst aus meinem Bad schaffen und warten sollte, bis ich fertig war? Ja, das wäre das Richtige.

Ich erzitterte leicht, als seine Hände sich unter meinen Armen hindurchschoben und die Finger über meinen Bauch streichelten. Augenblicklich schien es, als würde das Wasser aus dem Duschkopf um diverse Grad heißer werden.

»Was tust du da?«, fragte ich schwach, als wäre das nötig.

»Mich aufwärmen.«

»Ach ja?«

»Mhmm …« Seine tiefe Stimme ging mir bis ins Mark.

Er strich über meine Rippen, über meinen Bauch, bis zu meinen Hüften. Ich biss mir vor Überraschung auf die Zunge, als er bestimmt zupackte und mich an sich drängte.

Heiße Tropfen dampfenden Wassers rieselten aus dem Duschkopf auf meinen nackten Körper.

»Ganz gleich, welche Köstlichkeiten Escobar auch anrichtet, ich würde die Tiefkühlpizza mit dir jeder Zeit vorziehen«, flüsterte Mason und küsste sacht meinen Nacken.

Ich keuchte leicht unter dem wohligen Schauer, den er mir bereitete, während sich ein Lächeln auf mein Gesicht stahl. Eine Gänsehaut krabbelte meinen Rücken empor.

Ach, scheiß drauf!

Ich drehte mich um und stand so dicht vor ihm, dass sich unsere Nasenspitzen berührten. *Diese blauen Augen*, schoss es mir absurderweise durch den Kopf. *Kornblumenblaue Augen.*

Masons Hände strichen sanft über meinen Rücken, hinunter zu meinem Hintern und als er ihn umfasste, atmete ich hörbar aus. Mein Herz raste - ich konnte meinen Blick einfach nicht von seinem Gesicht lösen. Ich war mir nur allzu bewusst, dass er meinen nackten Körper an seinen presste. Wo war noch mal der Moment, in dem ich das hier unterbrechen sollte? War der schon vorbei? Sex mit einem Kunden war so ziemlich das Letzte … Ich schaffte es nicht, den Gedanken zu Ende zu denken, denn auf einmal lagen seine Lippen auf meinen. Und all meine verflucht guten Vorsätze wurden nichtig.

Die Sanftheit seines Kusses passte nicht zu dem festen Griff, in dem er mich hielt, und machte den Moment dennoch perfekt. Schaffte der Kerl es gerade ernsthaft, mir ein Kribbeln im Bauch zu bereiten? Als ich mich von ihm löste und ihn am Hals küsste, knurrte der Wolf in ihm vor Erregung.

KAPITEL 6

Ich erwachte am nächsten Morgen in einer eng umschlungenen Umklammerung und mit einem nassen Fleck auf meinem Arm. Etwas angewidert stellte ich fest, dass ich gesabbert hatte. Um dann erschrocken zu realisieren, dass ich nicht allein war und mich damit in eine höchstpeinliche Situation gebracht hatte. Mal wieder.

In eine Art Schockstarre verfallen, versuchte ich herauszufinden, ob Mason etwas bemerkt haben könnte, doch dann ging sein gleichmäßiges Atmen wieder in ein leises Schnarchen über. Er schlief noch.

Vorsichtig befreite ich meine rechte Hand und wischte mir den Mundwinkel ab. Wehe, er wachte jetzt auf!

Behutsam schob ich seinen Arm beiseite und schlüpfte aus dem Bett, um nackt wie ich war ins Bad zu huschen.

Dort checkte ich mein Gesicht im Spiegel und war mit einem Schlag dankbar, so unbemerkt aus dem Zimmer entkommen zu sein. Mir blickte ein Monster mit einem wirren Vogelnest auf dem Kopf entgegen. Die Augen aufgedunsen und das Make-Up von gestern quer über das Gesicht verteilt. Dazu eine weniger elegant, sondern eher kränklich wirkende Blässe. Nicht wirklich süß. Oder gar sexy.

Ich drehte den Wasserhahn auf und spritzte mir das kühle Nass ins Gesicht. *Super.* Jetzt hatte das Monster rote Flecken auf den Wangen. Es starrte mich finster an, als ich mir das Gesicht mit einem Handtuch trocken tupfte und versuchte zu retten, was zu retten war.

Ein Gegenstand hinter mir machte derweil im Spiegel auf sich aufmerksam. Ich wirbelte herum und starrte die offen präsentierte Packung Tampons auf der Kommode mit einer Mischung aus Entsetzung und Unglauben an. Stand die da etwa schon die ganze Zeit?

Ich rechnete; wie oft war Mason wohl inzwischen in diesem Bad gewesen, seit er hier war?

Ich hatte meine Stirn noch vor Scham in meinen Händen vergraben, als ich das leise Klopfen vernahm.

»Chloe? Alles in Ordnung?« Wunderbar, bestes Timing.

»Ja? Ja. Alles bestens! Moment noch!«

Ich griff mir den Karton und pfefferte ihn mit etwas zu viel Elan in die nächstbeste Schublade. Etliche Tampons kullerten fröhlich über den Badezimmerboden.

»Scheiße!«, fluchte ich.

»Chloe?« *Ja doch!*

Ich öffnete ruckartig die Tür, betete, alle kleinen Drecksteile erwischt zu haben, und sah ihn lächelnd und mit großen Augen an. Meiner Nacktheit durchaus bewusst, die sich ihm nun deutlich präsentierte.

Die roten Flecken im Gesicht des Monsters schienen ihm nicht weiter aufzufallen.

»Stimmt was nicht?«

»Ich musste nur ins Bad.«

Mason nickte skeptisch. Seine Finger streiften meine Oberarme bis hin zu meinen Schultern, was mir eine kribbelnde Gänsehaut bescherte.

»Und wie geht es jetzt weiter?«

Gott, hatte ich gestern tatsächlich Sex mit dem verfluchten Dämonenprinzen gehabt? Ich verdrängte den Gedanken daran, wie kurz ich den Kerl kannte und schluckte, damit er meiner Stimme nichts anhörte.

»Vielleicht erstmal damit, dass wir uns was anziehen, bevor meine Mitbewohner heimkommen?«, fragte ich selbstsicher klingend. Deutlich selbstsicherer als ich wirklich war.

Mason grinste. »Das habe ich nicht gemeint.«

»Ich weiß. Ich werde jetzt erstmal den nächsten Informanten anrufen und mich mit ihm verabreden, in der Hoffnung, dass er uns was sagen kann, das uns weiterhilft«, seufzte ich und vermied es, ihm in die Augen zu sehen. Denn dort erwartete mich dieser unergründliche Blick, in dem ich mich glatt hätte verlieren können. Himmel, was war nur los mit mir? Hatte ich Fieber? Ich musste mich bei der Schwimmeinlage im Fluss erkältet haben.

»Ich weiß was Besseres«, meinte er schließlich, packte mich an den Hüften und hob mich hoch, als würde ich nur soviel wiegen wie ein Pfund Zucker. Grinsend trug er mich zurück ins Bett. »Heute bist du mal nicht Privatdetektivin, sondern nur Chloe. Morgen will man mich bestimmt immer noch umbringen«, sagte er zwischen zwei Küssen, die immer weiter an meinem Hals hinunterwanderten.

Es hätte eine verdammt schöne Fortsetzung von letzter Nacht werden können, wenn nicht genau in diesem Augenblick zum einen die Wohnungstür aufgeflogen wäre und gleichzeitig mein Handy angefangen hätte zu klingeln.

»Chloe, Flix? Huhuuuu! Ich will euch jemanden voooorstellen!«, rief Phil und zerstörte damit abrupt die aufkeimende Stimmung.

Einen kurzen Augenblick sahen Mason und ich uns noch an, dann griff ich seufzend nach meinem Handy. »Ja?«

»Chloe, gut, dass ich dich erreiche.«

»Was gibt´s, Olga? Stimmt was nicht?« Die Stimme der Hexe klang eigenartig.

»Ich habe dir doch gesagt, ich kenne die Herkunft des Zaubers irgendwoher, erinnerst du dich?«

»Ja.«

»Ich glaube, du solltest zu Baba Yaga gehen. Sie kann dir helfen … wenn sie dich mag. Aber komm vorher noch einmal zu mir. Baba Yaga ist mächtig. Und gefährlich. Du brauchst einen Schutz vor ihr, falls sie dich nicht mag. Nicht, dass du dann trotzdem eine reelle Chance hättest. Morgen müsste ich dann auch den Trank für Philipp fertig haben.«

Ich schüttelte den Kopf in Anbetracht dieses Schwalls an Informationen. »Und wieso soll ich dann ausgerechnet zu ihr?«

»Sie ist die Anführerin des größten Zirkels der Stadt und sollte wissen, was hier vor sich geht. Und, nun ja, sie kennt sich mit Golems aus.«

»Alles klar, ich komme morgen vorbei.« Ich legte auf und schielte zu Mason, der mich seinerseits forschend ansah. Schuldbewusst legte ich das Handy beiseite.

Mason verdrehte die Augen, atmete theatralisch tief ein und gab mir einen Kuss auf die Stirn, der mir ein merkwürdiges Gefühl in der oberen Bauchgegend bescherte. Es fühlte sich tatsächlich ein bisschen so an, als wäre ich krank. Ich konnte mich ja schlecht verliebt haben. Ich! Die immer verächtlich schnaubte, wenn sich die Tussi in einer Geschichte auf Seite dreißig schon in den anfangs so arschigen Kerl verguckte und er sich als Traummann schlechthin herausstellte!

Inzwischen klopfte Phil an meine Zimmertür. »Chloe? Bist du da?«

»Einen Moment noch, ich muss mir erst was anziehen!« Ich bedeutete Mason mit einer Kopfbewegung, aufzustehen und sich ebenfalls etwas überzustreifen.

»Okay, sag schon, hast du eine neue Spur?«, fragte Mason, als er seine Hose gefunden hatte und es offensichtlich nicht mehr aushalten konnte.

»Ich? Nein«, sagte ich und grinste. »Die Privatdetektivin vielleicht, aber ‚nur-Chloe' weiß nicht einmal, was eine Spur ist.«

Er hob eine Augenbraue, die inzwischen langsam zu heilen begann. So langsam, als wäre er bloß ein Mensch. »Was hat die Hexe gesagt?«

»Olga«, ich betonte ihren Namen extra deutlich, »hat gesagt, dass sie möglicherweise jemanden kennt, der uns sagen kann, wer den Golemzauber gewirkt hat.« Ich schlüpfte in meine Lieblingsjeans.

»Aber vorher gehst du noch mal zu ihr?«

Ich nickte. »Sie will mir einen Schutz mitgeben.«

Mason hielt inne. »Wieso das?«

Statt zu antworten, widmete ich mich höchst geschäftig den nicht existenten Falten meiner Jacke.

»Chloe?«

»Hm? Ach, reine Vorsichtsmaßnahme.«

»Wenn ich es nicht inzwischen besser wüsste, würde ich jetzt sagen, dass ich nicht will, dass du dich meinetwegen in zu große Gefahr begibst.«

Ich musterte ihn überrascht. Er setzte mich darauf an, nach Beweisen wegen versuchten Mordes zu suchen und nun fürchtete er dabei um *meine* Sicherheit? Er hatte wohl vergessen, wer hier wem mehrfach den Arsch gerettet hatte. Doch statt ihm das zu sagen, lächelte ich und öffnete die Tür, vor der Phil inzwischen jaulend wie ein kleiner Welpe kauerte. Der blonde, groß gewachsene Engel strahlte mich an wie ein kleines Kind an Weihnachten seine Geschenke.

»Na endlich!«, rief er und sah dabei verstohlen über meine Schulter zu Mason. Keine Frage, dass er eins und eins zusammenzählte.

»Phil, was gibt´s denn so Dringendes?«

»Ich möchte dir - euch jemanden vorstellen.« Er ging voraus ins Wohnzimmer, in dem ein Engel auf der Couch saß, der mir noch vage bekannt vorkam. Sein braun gelockter Schopf war diesmal nur durchaus besser frisiert. Auch hatte er nun etwas deutlich schickeres an. Also überhaupt etwas an und zwar einen ziemlich schicken Zwirn. Wenn mich nicht alles täuschte, war dieser Anzug von Armani.

»Chloe, Mason, das ist Brian.«

Ich lächelte und schüttelte Brian die Hand. »Freut mich!«

Noch während auch Mason den neuen Mann im Leben des ziemlich verknallten Phils begrüßte, kramte ich in einem Küchenschrank nach meinem Lebenselixier aus einem Aufguss südamerikanischer Bohnen. Kaffee.

»Was macht ihr zwei Hübschen denn heute?«, fragte ich und schüttelte dabei die Dose mit dem Kaffeepulver, das bedrohlich zu neige ging. Phil und Brian sahen sich kitschig verliebt an. Die beiden passten wirklich wunderbar zueinander. Wer das nicht sah, dem war wohl nicht mehr zu helfen.

»Wir haben noch keinen bestimmten Plan«, antwortete Phil nach einer Weile.

»Habt ihr Lust, shoppen zu gehen?«

Gleich zwei Männer im Raum brachten ihre Verblüffung zum Ausdruck. Nur Brian konnte nicht ahnen, wie verrückt dieser Satz aus meinem Mund klang.

Ich wandte mich Mason zu. »Du brauchst dringend neue Klamotten.« Er öffnete den Mund, sicher um etwas zu erwidern, doch ich war schneller. »Ich rede von Klamotten für Menschen oder Dämonen. Bei denen man nicht direkt sieht, dass sie geliehen sind.« Die Ausschnitte am Rücken für die Flügel waren dann doch ziemlich auffällig.

»Ich geh doch jetzt nicht shoppen!«

»Warum nicht?«

»Du hast doch gesehen, was im Fernsehen lief. Alle Welt sucht nach mir!«

»Und was meinst du, wie viele dich in der Gesellschaft von ausgerechnet uns dreien erwarten?«

Er stockte und schien nicht zu wissen, was er entgegnen sollte. Dann grinste er. »Du bist gut.«

Ich lächelte. Hatte er etwa was anderes erwartet? Wortlos schlenderte ich zur Kommode unter der Garderobe und griff nach einem modischen grauen Wollhut und dem dazu passenden Schal von Phil. Schlussendlich holte ich eine Kiste mit meinem letzten Halloweenkostüm darin zum Vorschein, um das entscheidende Accessoire zu ergänzen. Schnell schob ich das sexy Krankenschwesternkostüm wieder zurück und wirbelte mit dem Mundschutz an meinem Zeigefinger herum.

»Huste besser gelegentlich, damit es nicht komisch rüberkommt.«

Mason, der den Inhalt der Kiste interessiert beäugt hatte, war einen Moment sprachlos, bis er anerkennend nickte. »Du bist sogar sehr gut.«

Ja. So gut, dass mir der erneute Blick zur Kiste nicht entging. Das konnte er ja wohl mal so was von vergessen.

Zwei Stunden und gefühlte sechsundachtzig Geschäfte später, sank ich erschöpft auf eine Bank in einem Gang des Einkaufszentrums.

»Ich kann nicht mehr! Ich mag nicht mehr«, maulte ich.

»Die Ausdauerndste der gesamten Akademie, sowohl im Sprint als auch im Dauerlauf, und jetzt gibst du schon auf?«, verhöhnte mich Phil lachend.

Ich schnitt ihm eine Grimasse. »Meinst du nicht, wir haben genug gefunden? So für die nächsten drei Jahre?« Ich deutete auf die Anzahl der Einkaufstüten, die sich vor mir türmten.

»Kann man je genug haben?«, säuselte Phil und sah sich bereits nach dem nächsten Geschäft um.

Ich musste ihn bremsen, denn für das, was er anscheinend vorhatte, reichte mein Geld nicht. Selbstverständlich hatte Mason bezahlen wollen und schon seine Kreditkarte gezückt, die Phil mit glänzenden Augen bewundert hatte, doch ich hatte ihn gerade noch stoppen können.

»Bist du verrückt?«, hatte ich gezischt. »Deine Kontobewegungen werden mit hundertprozentiger Sicherheit überwacht. Es würde keine zehn Minuten dauern und sie wären hier!«

Also blechte ich, nachdem er etliche Male beteuert hatte, dass er selbstverständlich für alles aufkommen würde, wenn dieses Fiasko sich erledigt hätte.

Ich trank einen Schluck von der Cola, die ich mir bei unserem letzten Zwischenstopp gekauft hatte.

»Du warst also mal richtige Polizistin?« Mason war Phils Seitenhieb in meine Richtung also nicht entgangen.

»Ja, aber nicht für lange Zeit.« Ich räusperte mich. »Ich möchte ehrlich gesagt nicht darüber reden.«

»Gut«, akzeptierte er mein Abblocken. »Warum liegen eigentlich Tampons auf deinem Badezimmerfußboden?«

»Darüber auch nicht!«

Vor allem nicht vor Brian, der sich als äußerst zuvorkommender Gentleman mit gutem Einkommen erwies.

»Ich arbeite in einer Bank«, erklärte er charmant, als er die nächsten schicken Teile, die Phil entdeckt hatte, bezahlte.

»Ach so? Und was treibst du da so?«, täuschte ich ehrliches Interesse vor.

»Langweiligen Kram ehrlich gesagt.« Brian beschloss also, mysteriös zu bleiben.

»Er will´s so nicht sagen, aber er ist ein ziemlich hohes Tier bei der Pollox Bank«, flüsterte mir Phil schließlich zu.

Brian lächelte bescheiden und ließ sein Portmonee diskret wieder in die Tasche gleiten.

»So, bei der Pollox, hm?« Nun war ich doch interessiert, auch wenn der Zeitpunkt ungünstig war. Phil war gerade auf die Kasse zumarschiert und forderte die Aufmerksamkeit seiner neuesten Errungenschaft.

Mason erschien neben mir.

»Chloe, ich will nicht wie ein Jammerlappen erscheinen, aber, weißt du, so langsam wird es doch etwas unangenehm unter der Maske. Und ich denke, es reicht, oder?«

Ich nickte. Wieder berührte er mich sanft an den Oberarmen. Eine Erinnerung an die letzte Nacht kam in mir hoch. Innige Berührungen und prickelnde Küsse. Der Wolfsdämon in ihm, der für mich völlig überraschend sehr deutlich zum Vorschein gekommen war … Eine Gänsehaut krabbelte an meinem Rücken empor. Ich fing an, seine Nähe zu genießen.

Blinzelnd kaschierte ich meine skurrilen Gedanken mit einem freundlichen Nicken und versuchte, meine Anspannung zu lösen. Diese Situation war schlicht und ergreifend sonderbar für mich.

Und das änderte sich auch in keiner Weise, als wir schließlich, zurück in meiner Wohnung angelangt, in meinem Zimmer endeten. Ohne die überwältigende Macht der hormonellen Nachwirkung eines Adrenalinkicks, den sonst nur eine nervenaufreibende Verfolgungsjagd mit sich brachte.

»Also …« Ich saß in einer sich irgendwie unnatürlich anfühlenden Pose auf meinem Bett, während er grüblerisch aus dem Fenster sah, sodass die zuvor herrschende Stille mit seiner Geschäftigkeit nicht ganz so unangenehm erschien. »Erzähl mir was von dir. Wer steckt hinter dem Kronprinzen der Dämonen? Wer ist Mason Frost wirklich?« Nicht, dass ich wirklich die Hoffnung hatte, dass er mir, verschlossen wie er war, mehr erzählen würde.

Tatsächlich dauerte es eine Weile, in der er mich mit unergründlicher Miene anblickte, ehe er wieder etwas sagte. »Was möchtest du wissen?«

Ich zuckte mit den Schultern. Das war eine berechtigte Gegenfrage. »Wie bist du aufgewachsen? Wo bist du zur Schule gegangen? Was ist dein Lieblingsessen? Keine Ahnung, irgendwas.« *Oh Chloe, du stellst dich an, als hättest du dich nie zuvor mit einem Mann unterhalten.* »Was sind deine Hobbies? Ich meine abgesehen von der überaus sportlichen Tätigkeit vor Blutsaugern davonzulaufen?« Hatte ein Prinz Hobbies? Ich versuchte mir vorzustellen, wie er auf einem Landgut Tontauben schoss oder segelte.

Überraschenderweise grinste Mason jetzt. »Im Schloss, nirgendwo, ich hatte Privatunterricht bevor ich wie meine Schwester an der *Elite of Demons and Witches* studierte. Saeculum ad sapientum et superbia!«, tonierte er albern wie einen Schlachtruf zum schuleigenen Footballspiel. »Ich steh auf eine gut gemachte Paella und obwohl mein Vater unbedingt wollte, dass ich fechten lerne, bin ich ein großer Basketball- und Kampfsportfan.«

Ich sah überrascht auf. Mit Basketball hatte ich nicht gerechnet. Den Privatunterricht hätte ich mir denken können.

»Darf ich dich mal etwas fragen?«

Meine Wangen wurden heiß, doch ich nickte.

»Wie kommt es, dass du Privatdetektivin bist und«, sein Blick schweifte über meine Zimmereinrichtung, »versteh mich nicht falsch, aber *so* lebst?«

Ich legte den Kopf schief, bereit, ihn mit einer bissigen Antwort in die Schranken zu weisen. Was bitte fiel ihm ein? Doch er hob schon beschwichtigend die Hände. »Das soll keineswegs abwertend wirken, ich mag Flix und Phil! Nur wenn ich mir dein Bücherregal anschaue, lässt es auf eine gebildete und intelligente Frau schließen. Ich weiß, dass du nicht darüber reden möchtest, dass du Polizistin warst, schon verstanden, aber wieso ausgerechnet Polizistin?«

Ich biss mir auf die Innenseite meiner rechten Wange. »Du meinst, warum ich nicht Rechtsanwältin oder Ärztin geworden bin?« Es fiel mir schwer, keinen allzu sarkastischen Ton anzuschlagen. Wahrscheinlich konnte er sich ebenso schwer in meine Situation versetzen wie ich mich in seine.

»Weißt du«, ich suchte nach den richtigen Worten, »mal abgesehen davon, dass es einfach absolut nicht zu mir passt, gibt es Leute, die haben die nötigen Voraussetzungen, um das mit links zu schaffen. Eltern, die ihnen den Rücken freihalten und die Kohle aufbringen können, ihre Kids auf ein gutes College zu schicken. Klar gibt es auch die, die es noch mit einem Nebenjob irgendwie hinkriegen, aber ernsthaft, du ahnst nicht, wie leicht man dann abrutscht und wie hoch der Anteil der Süchtigen bei Studenten ist, die ihre Kohle dann für Blut rausschmeißen und auf der Straße landen.« Ich wusste das, denn ich hatte nicht wenige davon verhaften müssen.

»Hast du es mal probiert?«

Von dieser unvermittelten Frage überrumpelt, wusste ich nicht, wie ich antworten sollte. »Ich?«

Mason sah anscheinend meinen schockierten Blick. »Es ist nicht schlimm, wenn …«

Ich unterbrach ihn mit einem energischen Kopfschütteln. »Ich würde niemals dieses Risiko eingehen. Ich bin halb menschlich, schon vergessen? Ich könnte ein Vampir werden.« Nun war raus, wo sich dieses Gespräch ungewollt hin entwickelte. Eine Klarstellung, wie unterschiedlich wir beide doch waren.

Doch Mason schien mein Problem, das sich mittels eines fiesen Stechens in meiner Brust zeigte, nicht zu bemerken.

»Ich hab' noch nie zuvor Ghule gesehen«, murmelte er plötzlich.

»Das hätte mich auch verwundert. Du hattest wahrscheinlich vorher auch noch nicht wirklich viel mit Menschen zu tun.« *Autsch, Chloe, so langsam solltest du mal die Klappe halten.*

»Als Teenager habe ich immer noch gedacht, es wäre ein Mythos, der nur verbreitet wurde, um Menschen vom Blut trinken abzuhalten. Tu´s nicht, sonst wirst du süchtig und wenn dir dann egal ist, was du dir rein pfeifst, erwischt du Menschenblut und dann wirst du zum Ghul. Es klang wie ein Ammenmärchen. Wie die Warnung, wenn man schiele und die Kirchturmuhr schlägt, würden die Augen auf ewig so bleiben. Und na ja, ehrlich gesagt dachte ich, das erzählen die Dämonen nur, um die Kräfte der Menschen kleinzuhalten.«

Ich wusste nicht, ob ich lachen oder weinen sollte in Anbetracht dieser Weltfremde, doch im Grunde meines Herzens beneidete ich ihn wohl.

Mason musste bemerkt haben, dass etwas zwischen uns stand, denn plötzlich legte er sich neben mir auf das Bett, überschlug die Beine und sah mich mit einem verschmitzten Lächeln an, das nicht mehr daran erinnerte, über welches Thema wir uns da eben unterhalten hatten.

»Nun gut. Also. Du behauptest steif und fest, du gehst nicht in Diskos und Clubs. Wie erklärst du mir dann das Krankenschwesternoutfit, dessen Bestandteil mich heute vor der Identifizierung bewahrt hat?«, konnte er gerade noch so fragen, bevor ihn mein Kissen ins Gesicht traf, das irgendwann letzte Nacht unbemerkt aus meinem Bett gefallen sein musste.

Lachend zog er mich zu sich.

»Stört es dich, dass du halb menschlich bist?«, fragte er plötzlich.

Ich hielt inne, unfähig etwas zu sagen.

»Denn mich stört es nicht.«

KAPITEL 7

»Chloe, Majestät«, grüßte uns Olga am Mittag des nächsten Tages. »Schön, dass ihr es einrichten konntet.«

Ich nickte und tat, als wäre es nichts Besonderes. Glücklicherweise hatte Olga heute anscheinend nicht den Wunsch, uns mit Smalltalk aufzuhalten. Wenn ich tatsächlich noch zu dieser Baba Yaga sollte, würde ich heute noch einiges zu tun haben.

Olga ging in ihr Arbeitszimmer und ich folgte ihr, während ich darüber hinwegsah, dass sich ihr Körper erneut mit einem Schlag veränderte. »Ich habe meine Zutaten inzwischen aufgestockt.« Die Hexe wandte mir den Rücken zu und wühlte in ihrem Schrank, um mir dann ein kleines Fläschchen zu geben. »Hier, das ist für Philipp. Aber sag ihm noch einmal, dass er sehr vorsichtig damit sein muss. Eine Überdosis ist äußerst unangenehm und schlägt fürchterlich auf den Magen.« Sie sagte es so deutlich, dass ich die Augenbrauen hochzog. »Ich meine es ernst, ein Tropfen. Es reicht schon die doppelte Menge für jemanden ohne sein Leiden und glaub mir, du willst dir die Sauerei gar nicht vorstellen.«

»Ich werde dran denken.« Hastig steckte ich das Fläschchen in meine Jackentasche. »Also, du sagst, ich brauche einen Schutz vor Baba Yaga?«

»Sie ist also doch gefährlich«, schaltete sich Mason ein. Ich hatte nicht einmal bemerkt, dass er so dicht hinter mich getreten war, und warf ihm einen warnenden Blick zu.

Olga schnaubte, wie um der Lächerlichkeit dieser Feststellung Ausdruck zu verleihen. »Sie ist wohl die gefährlichste Hexe im Land.« Ich spürte den stechenden Schmerz, den Mason mir wie mit Laser-Augen förmlich in den Rücken schoss. »Wenn sie dich mag, hast du nichts zu befürchten. Aber wenn nicht …« Sie hob den rechten Mundwinkel.

»Erzähl mir von ihr. Woher die Verbindung zu ihr und Golems? Baba Yaga klingt nicht gerade jüdisch.« Ja, ich hatte recherchiert und einiges über den Hintergrund des wandelnden Schlammbatzen herausgefunden.

»Das stimmt, Baba Yaga ist russisch, aber nicht jüdisch. Sie stammt aus meiner Heimat.« Olga setzte sich wieder ins Wohnzimmer an den Couchtisch, auf dem ein in Leder geschlagenes Päckchen lag. »Im zweiten Weltkrieg hat sie einigen verfolgten Familien aus Deutschland geholfen zu entkommen. Aus Dankbarkeit schlossen sich einige davon ihrem Zirkel an.«

»Scheint dann aber doch eine ganz nette Person zu sein«, argumentierte ich, doch Olga schnaufte höhnisch.

»Ich dachte, du hast inzwischen genug Erfahrung im Umgang mit uns Hexen, um zu wissen, dass alles seinen Preis hat.«

Oh ja, das hatte ich.

»Das heißt, sie hat damals also nicht aus lauter Güte und Barmherzigkeit gehandelt?« Olga musste mir nicht antworten, ich las es in ihrem Gesicht ab. Diese armen

Familien waren eindeutig vom Regen in die Traufe gekommen.

»Klingt doch super.« Mason grinste falsch, bevor er schlagartig todernst wurde und seine Miene zu Stein gefror. »Ich komme mit.«

Ich schüttelte den Kopf. »Nein, das geht nicht.«

»So stark du auch bist, du kannst mir nicht sagen, dass eine gute Rückendeckung eine schlechte Idee ist. Der Golem hat auch dich verfolgt-«, setzte Mason an, woraufhin Olga ihn unterbrach.

»Wie bitte?«

»Als wir das letzte Mal hier waren. Wir sind auf dem Rückweg von ihm überfallen worden. Auf der Flucht haben wir uns quasi von einem Stacheldrahtzaun trennen lassen. Ich dachte, ich wäre sicher auf seiner Seite, weil er ja scharf auf Mason war.«

»Was ein Irrtum gewesen ist. Er ging direkt auf sie los«, ergriff dieser das Wort.

»Das ist nicht gut. Das ist ganz und gar nicht gut.« Olga schüttelte den Kopf.

»Wieso? Was bedeutet das?«

Die Hexe schürzte die Lippen. »Er hätte wirklich nur hinter Mason her sein dürfen. Dieses Verhalten erklärt sich mir nur durch einen wirklich umfangreichen und sehr kompliziert gewebten Zauber, der beinhaltet, dass auch jede Bedrohung ausgeschaltet wird. In dem Fall du.«

»Ich kann schon auf mich aufpassen. Ehrlich!«, erklärte ich mit Nachdruck. Es half zumindest bei Olga, die mich allerdings auch zu gut kannte, um mich zu unterschätzen. Sie kniff die Augen zusammen und lächelte schief.

»Was hast du da?«, beendete ich die Diskussion kurzerhand und deutete auf das Päckchen. Offensichtlich beinhaltete es den Grund, wegen dem wir hergekommen waren.

»Da drin ist ein Amulett, das dich vor den meisten Zaubern schützen sollte. Insbesondere, wenn sie gegen dich gerichtet werden.« Sie bedeutete mir mit einer Handbewegung, den Ledereinband zu öffnen. Darin eingewickelt lag ein Medaillon mit einem kleinen Spiegel darin.

»Nicht ganz mein Stil.« Ich betrachtete das Schmuckstück. »Aber wenn du meinst, ich soll es tragen, dann werde ich das tun. Muss ich etwas Besonderes beachten?«

Olga nickte. »Du musst es über deiner Kleidung tragen. Das hat den Nachteil, dass es schnell erkennbar ist, doch andernfalls hat es keinerlei Wirkung.«

Ich griff mir das Amulett und legte es mir um den Hals. »Schön, wo müssen wir hin?«

»Hätte sie nicht früher sagen können, dass es sich um einen Zooladen handelt?« Ich schlenderte möglichst unauffällig zu einem Hauseingang des Nachbarhauses, in dem sich neben Wohnungen unter anderem ein thailändischer Fast-Food-Laden befand, und spähte hinüber zu der Adresse, die Olga uns gegeben hatte. »Ich würde sagen, die Art des Geschäfts beweist, dass wir definitiv auf der richtigen Spur sind.« Ich sah zu Mason hoch, dessen Miene unergründlich war. »Hör zu, da kannst du nicht mit reingehen. Sie wird sofort merken, wer du bist.«

Wider Erwarten nickte er. »Mir gefällt es nicht, dass du da alleine reingehst, aber du hast recht. Ich bleib in der Nähe und schau mich um. Ich bin in Rufweite, falls was ist.«

»Alles klar, was soll schon schief gehen?«

Der Zooladen von Baba Yaga war in einem für sich stehenden, kleinen Gebäude mit weißem Flachdach und bunten Aufstellern vor der gläsernen Eingangstür. Er wirkte heruntergekommen und schäbig. Nicht gerade einladend, um dort einen Welpen für die Kinderlein Zuhause zu kaufen. Ein paar halb gerupfte Vögel krächzten in Käfigen im Schaufenster. Auf der rechten Seite befand sich die Gasse, die Mason im Auge behielt, die andere Seite war mit einem Maschendrahtzaun versperrt, der mit einer Plane die Sicht auf das, was dahinter lag, verhinderte.

Ich entschied mich für ein zielstrebiges, aber gemächliches Schlendern, als ich auf den Laden zuging. Ganz so, als wüsste ich, wo ich hinwollte, hätte es aber nicht eilig.

Eine Glocke bimmelte unangenehm laut, als ich, das Medaillon kurz prüfend berührend, durch die Tür trat. Muffige Luft schlug mir entgegen und erinnerte mich an einen Fall, bei dem ich mal in der Wohnung einer Ogerfamilie Stellung bezogen hatte, um eine Schmugglerbande gegenüber zu observieren. Hier wurde anscheinend nicht nur zu selten gereinigt, sondern auch nicht wirklich gelüftet.

Obwohl es draußen bereits, dank des einbrechenden Winters, dunkel war, brannte kaum Licht. Nur einzelne Terrarien waren mit Wärmelampen beleuchtet und eine Funzel spendete einen orangenen Lichtschein über einem verwaisten Tresen. Dahinter führte ein Vorhang aus Bastkordeln in einen weiteren Raum.

Ich sah mich um, während ich wartete. Um nichts in der Welt wollte ich diese Klingel dort auf dem zerkratzten, gläsernen Tresen betätigen. Baba Yaga musste längst um ihre scheinbare Kundschaft wissen.

In einem Aquarium inmitten des Raumes blubberte eine Sauerstoffpumpe vor sich hin, während ein Filter dagegen andröhnte. Im trüben Wasser erkannte ich etliche Piranhas. Dies war definitiv kein gewöhnlicher Kleintierhandel.

Ich dachte gerade über eine mögliche Tarnidentität nach, als mich lautes Hundegebell von draußen zusammenzucken ließ. Es klang, als käme es von der Hinterseite des Hauses.

»Nu blin, suchki, zatknitis!«, drang es durch den Vorhang. Schien ganz so, als wäre ich nicht die einzige hier, die einen Hang zum Fluchen hatte.

»Hallo?«, rief ich zaghaft. Der Vorhang teilte sich. Eine erstaunlich groß gewachsene, alte Frau mit mächtiger Statur offenbarte sich.

Baba Yaga war Furcht einflößend, so viel stand fest. Selbst dann, wenn diese Warze auf ihrer Wange nicht gewesen wäre. Ihre schneeweißen Haare waren zu einer aufwendigen, aber strengen Flechtfrisur gebunden. Goldene, vom Alter angelaufene Ketten krönten ihre altmodische Bluse. Die Ringe an ihren Fingern waren nicht weniger protzig, doch der Goldzahn, den der abschätzige Gesichtsausdruck offenbarte, komplettierte das Klischee zur Gänze. Die Zirkelführerin der Hexen dieser Stadt tat offenbar einiges dafür, dass sie nach Geld aussah. Und danach, mit Vorliebe die Herzen schöner Jungfrauen zu verspeisen.

Ich sah mich noch einmal kurz um. Mit einem ehrlichen Geschäft konnte sie es in diesem Laden nicht verdienen.

»Ja?«, blaffte sie.

Ich zuckte ob der Lautstärke ihrer Stimme zusammen, dann setzte ich ein freundliches Lächeln auf. »Guten Tag, man sagte mir, Sie könnten mir vielleicht weiterhelfen«, trällerte ich fröhlich. Baba Yaga musterte mich wie eine Verrückte, die der Klapsmühle entlaufen war. »Und zwar … also mein Freund hat nächste Woche Geburtstag und ich wollte ihn mit einem Geschenk der besonderen Art überraschen …«

»Der Sex-Shop ist eine Straße weiter«, murrte die Hexe.

Ungläubig blinzelte ich sie an. *Bitte was?*

»Sie verstehen mich falsch …«

Baba Yaga hob eine Augenbraue und schritt um den Tresen herum zu mir in den Verkaufsraum.

Erst stieg mir nur der metallische Geruch in die Nase, dann erst sah ich, wo er seinen Ursprung hatte. Auch wenn ich versuchte, mich lässig zu geben, brachte mich die durchsichtige Plastiktüte in ihrer Hand kurz aus dem Konzept. Blutige Innereien drückten sich gegen den Kunststoff, als Baba Yaga an das Piranhabecken trat, mit der Hand hineingriff und den blutigen Inhalt ins Becken warf. Die Oberfläche brodelte während des Fresskampfes der Raubfische und ich wich unwillkürlich einen Schritt zurück.

»Er … also er steht auf Ausgefallenes. Exotische Tiere, wie Reptilien oder Spinnen. Aber der Reiz geht ihm verloren, wenn es nicht giftig genug ist, verstehen Sie? Er ist ein ziemlicher Adrenalinjunkie.« Ich kicherte und griff mir verträumt in die Haare, um ein paar Strähnen um meine Finger zu schlingen, als würde ich tatsächlich begeistert schwärmen und keinen totalen Freak beschreiben. »Aber die anderen Tierhandlungen wollten mir alle nichts verkaufen, was giftig ist.«

Baba Yaga grinste höhnisch. »Ja, die haben Schiss, wissen Sie? Schiss davor, dass deren Kunden nicht wissen, wie sie mit den Tieren umgehen und dann sterben. Tote Kunden kommen nicht wieder.« Während sie mit einem noch stärkeren Akzent als Olga sprach, gestikulierte sie dazu mit den Händen. »Aber mir ist das egal. Soll jeder selbst wissen, was er tut.«

»Sie können mir also doch weiterhelfen?«

Die Hexe wog den Kopf hin und her. »Ich kann Ihnen eine Schlange anbieten, ein Biss und sein Gehirn ist in dreißig Sekunden nur noch Brei. Äußerst wirksames Nervengift.«

»Okay … und wie wäre es mit einer Spinne? Schlangen sind ein bisschen, na wie soll ich sagen, zu gewöhnlich.« Ich betete, ihr damit nicht auf den Schlips getreten zu haben, doch sie schien nicht gekränkt.

»Das würde länger dauern als eine Woche. Der Import dieser Tiere ist nicht so ganz einfach. Aber wissen Sie was? Ich geb´ Ihnen meine Karte, da steht meine Telefonnummer drauf. Rufen Sie mich morgen an, dann kann ich mehr sagen.«

»Na gut. Was wäre das denn für eine Spinne?«

»Sie nennt sich Trichternetzspinne. Äußerst gefährlich und aggressiv. Kommt aus Australien, aber mit Glück hat mein Kontaktmann noch ein Exemplar. Dennoch ist das kein sehr billiges Geschenk.«

»Geld spielt keine Rolle«, behauptete ich.

Ein Goldzahn blitzte in ihrem Mund auf, als sich ein breites Lächeln in ihrem Gesicht ausweitete. »So? Auch nicht bei fünfhundert?«

Ich versuchte, mir meine Entrüstung nicht anmerken zu lassen. Fünfhundert? Fünfhundert scheißverdammte Dollar? Wieso sollte so ein Vieh fünfhundert Dollar wert sein? Doch ich lächelte, ohne mit einer Wimper zu zucken.

Baba Yaga kniff die Augen ein wenig zusammen, dann ging sie zu ihrem Tresen zurück, griff sich eine Karte und reichte sie mir.

Für den Bruchteil einer Sekunde berührten sich unsere Finger dabei und die Hexe zuckte sofort erschrocken zurück.

»Du!«, brüllte sie. Ihre Augen weiteten sich, während ihre Mundwinkel sich nach unten verzogen.

Was hatte ich verpasst?

Zeternd und schimpfend wütete die alte Baba Yaga los und murmelte einige eigenartig klingende Worte vor sich hin. Sie ging in stürmischen Schritten auf mich zu, während ich versuchte, mich rückwärts in Sicherheit zu bringen.

»Du bist mit dem Prinzen im Bunde!« Zum Teufel, woher wusste sie das?

Ich kam gar nicht dazu, die Türklinke zu ergreifen, da hatte sie schon die Hand gehoben und ich hörte mit einem deutlichen *Klick*, dass diese Fluchtmöglichkeit verschlossen war.

Magie wallte auf, als Baba Yaga sich mir zuwandte, doch es geschah nichts, außer dass ihr Gesicht einen fragenden Ausdruck annahm.

»Nu bljad! Welche Hexe schützt dich?«, fuhr sie mich lautstark an, erwartete jedoch wohl keine Antwort, sondern ging auf mich los.

Ich hechtete, ihr einen Stapel Futtereimer in den Weg werfend, um das Aquarium herum. Mit drei großen Sprüngen hatte ich sie umrundet und nutzte meine kleinere, aber dafür deutlich flinkere Statur und die Vorteile gegenüber ihrer Größe.

Jeder Körper hat einen Punkt, an dem er aus dem Gleichgewicht gebracht werden konnte. Bei Baba Yaga war dieser in ihrer Rage nicht schwer zu erreichen. Mit einem ausladenden Roundkick, der vermutlich selbst Neil – den Wichser von Ausbilder aus meiner Zeit in der Akademie - sprachlos gemacht hätte, stieß ich sie kopfüber in das Fischbecken. Sofort begann das Wasser zu brodeln und ich vernahm gurgelnde Laute. Im selben Moment erklang ein Knall aus den hinteren Räumen.

Einen Wimpernschlag später erschien Mason. Baba Yaga war gerade dabei, sich wieder aufzurichten, da packte er sie an der inzwischen aufgelösten Frisur am Hinterkopf und drückte sie zurück ins Wasser.

Vermutlich hätte ich ihn aufgehalten oder ihm auch geholfen, wer wusste das schon? Wenn nicht in diesem Moment das Glas der Vordertür zerbrochen wäre.

Ich wirbelte herum und blickte in ein altbekanntes, unförmiges Gesicht aus Lehm. Ungelenk versuchte er sich, trotz des Querbalkens in der Tür, Zutritt zu verschaffen.

Ich sah zurück zu Masons Kampf mit der noch zappelnden Baba Yaga, deren Bewegungen inzwischen deutlich langsamer wurden.

Die Fische im Becken machten sich freudig über die qualvoll Ertrinkende her und verursachten eine tiefrote Färbung im Innern des Aquariums.

Mir wurde schlecht. Ihre vom Wasser erstickten Schreie fraßen sich in meine Nerven. Ich hatte noch nie jemanden sterben sehen. Leichen, ja. Aber der Todeskampf aus der Nähe hatte etwas Erschreckendes, Widerwärtiges.

Dann, eine letzte Zuckung. Ich stand inzwischen neben Mason, jeder Zeit bereit, los zu sprinten und mit ihm zu fliehen.

»Müsste er nicht jetzt-?« Mason deutete in Richtung des Golems.

»Aufhören? Nein, dazu braucht es mehr.« Auch wenn sein Gehirn nur ein Haufen Matsch war, jetzt hatte auch der Golem verstanden, dass er sich einfach zu bücken brauchte, um unter dem Balken hindurchzukommen. Wenn dies dank seiner immensen Größe dennoch ziemlich schwierig war.

Mason zog an meinem Ärmel, bereit davonzulaufen, doch ich hatte mich inzwischen anders entschieden.

»Geh in Deckung!«, riet ich und griff mir den nächsten Gegenstand, der mir in die Finger kam – eine hässliche, aber schwere Holzfigur eines Hauses auf Hühnerbeinen – um ihn mit voller Kraft in die Scheibe des Beckens zu werfen. Mit einem knappen Sprung über die Theke konnte ich mich zum einen vor den scharfbezahnten Piranhas und zugleich vor den riesigen Pranken des Golems retten.

Das Aquarium zerbarst mit lautem Geschepper in tausend Scherben und gab einen riesigen Schwall Wasser frei, der sich mitsamt der Leiche der Hexe und den Raubfischen darin auf dem Boden des Zooladens ergoss. Und damit auch auf den Golem, dessen Beine komplett umspült wurden.

Die Wirkung war nicht ganz so phänomenal, wie ich es gehofft hatte, doch sie setzte ein. Die Füße und Beine des Golems verschmolzen, während er noch versuchte, vorwärtszukommen, seine Arme erhoben und zu mir ausgestreckt, was ehrlich gesagt mein größtes Problem war.

Um meinen Plan umzusetzen, musste ich ihnen ausweichen. Also bewegte ich mich durch die zappelnden Fische am Boden um den Golem herum, in der Hoffnung, dass er es in erster Linie auf sein primäres Ziel abgesehen hatte.

»Was hast du vor? Das ist der perfekte Moment, um zu fliehen!«, zischte Mason mit entgeisterter Miene von der Theke aus.

Ich schüttelte den Kopf. »Sobald das Wasser verdunstet ist und der Lehm wieder den richtigen Feuchtigkeitsgehalt hat, wird er wieder aufstehen und Jagd auf dich machen. Jetzt ist die Gelegenheit, dem Ganzen ein Ende zu setzen.« Ich ging vorsichtig auf die inzwischen deutlich geschrumpfte und nun ziemlich kläglich wirkende Figur zu und griff beherzt in den Mund des Ungeheuers. Auch wenn Mason mich ansah, als würde er mich für komplett bescheuert halten, so hielt ich wenig später dennoch ziemlich siegesstolz die Schriftrolle hoch.

»Ich weiß zwar nicht so viel über Golems wie Olga, aber eines war mir bekannt. Sie werden erweckt, indem man ihnen eine Schriftrolle mit ihrem Auftrag darauf in den Mund legt, und hören erst auf, wenn sie entfernt wird. Das geht aber nur, wenn die Bindung zu ihrem Herrn nicht mehr besteht«, erklärte ich grinsend. Vielleicht ein bisschen besserwisserisch. Aber ich genoss den Moment.

»Okay, die Gefahr ist also gebannt, können wir jetzt gehen?«, drängte Mason, statt mich zumindest ein wenig für die gelungene Heldentat zu beweihräuchern.

Mein Blick fiel auf die Leiche der Hexe, die ungeachtet aller weiteren Geschehnissen zwischen den vorwiegend toten Fischen lag. Ich hätte nicht gedacht, dass es möglich wäre, doch sie sah noch gruseliger aus als noch zu Lebzeiten. Ich versuchte, nicht zu lange auf das zu starren, was einst ihr Gesicht gewesen war.

»Ich fass es nicht, dass du sie einfach so umgebracht hast«, murmelte ich, als mir die Tat erst so richtig bewusst wurde.

»Ich bin ein Dämon und kein Federvieh wie deine Freunde«, erinnerte er mich und erntete einen finsteren Blick. Es reichte, mich zu räuspern, um ihm seinen Fehltritt bewusst zu machen. »Sie hätte uns ewig weiter verfolgt und dass wir nicht zur Polizei gehen können, steht nicht zur Debatte, ich denke, das haben wir inzwischen geklärt, oder?«

»Schon … aber … wie sollen wir das Ganze nun vertuschen? Ich meine, wenn etwas die Polizei auf den Plan ruft, dann doch wohl ein Mord, meinst du nicht?«

Seinem Blick war sofort anzusehen, dass er daran nicht gedacht hatte.

»Kennst du das Märchen von Hänsel und Gretel?«, fragte er mich plötzlich.

»Wie bitte?« Ich gaffte ihn verblüfft an, bis ich schnallte, worauf er hinauswollte. »Oh.«

Er zwinkerte und bedeutete mir, ihm nach hinten zu folgen.

Hinter einem kurzen Flur kamen wir in eine Art Lagerraum mit kleiner Büroecke und einer Küchenzeile unter einem Fenster.

Mason begann bereits den Gashahn am Herd aufzudrehen, als ich eine Entdeckung machte.

»Warte mal.« Ich hielt inne und betrachtete die Umgebung rund um ihren Schreibtisch näher. Über einem uralten Computer war eine Pinnwand mit mehreren Fotos und Andenken angebracht, die akkurat ausgerichtet waren. Collegegruppenfotos, Bilder mit berühmten Personen, die jemand getroffen hatte, Postkarten aus beeindruckenden Ländern … Auch Baba Yagas Buchhaltung ließ das Herz eines jeden Steuerprüfers höherschlagen. Hier war alles dort, wo es sein sollte. Nur war ich mir nicht sicher, ob sich darin auch die richtigen Zahlen befanden.

»Dafür haben wir jetzt keine Zeit, wir haben wirklich schon genug davon verschwendet. Wenn uns jemand gehört hat, sind wir geliefert.«

Ach, jetzt macht er sich auf einmal Sorgen, dass man uns erwischen könnte, schoss es mir durch den Kopf.

Ich verfolgte, wie Mason den Schrank unter der Spüle öffnete und sich die Utensilien zusammensuchte, die er brauchte. Er kippte den Inhalt einer Glasflasche in den Abfluss, tränkte einen Putzlappen mit Reinigungsmittel und baute damit einen behelfsmäßigen Molotowcocktail.

»Das müsste funktionieren.« Er betrachtete noch kurz sein Werk, während ich einen Brief aus dem Papierkorb fischte. Außer diesem fand sich darin eine auffällige Menge an Plastiktüten mit chinesischen Schriftzeichen, die mir dunkel bekannt vorkamen. Ich hatte sie gesehen, als ich mir heimlich polizeiliche Akten über Xao Lang angesehen hatte. Wir waren also tatsächlich auf der richtigen Spur.

»Also gut, dann los.«

Mason sah sich suchend um, doch da hatte ich schon ein Feuerzeug aus meiner Jackentasche geholt und reichte es ihm. Grinsend nahm er es an und folgte mir aus der Hintertür, wo mich ein ungestümes Gebell empfing.

Zwei geifernde Rottweiler kläfften mich aus einem Zwinger hinter dem Haus an und ließen mich unwillkürlich einen Sprung zur Seite hechten.

»Was zum Teufel? Oh scheiße!«, entfuhr es mir, als Mason mich schon einholte und die beiden Köter mit einem Fingerzeig zum Schweigen brachte. Kurzerhand reichte er mir den Molotowcocktail und löste den Draht, mit dem die Tür des Zwingers dürftig verschlossen war.

»Könntest du mir mal sagen, was du da vorhast?«

»Wir können sie schlecht hierlassen, oder?« Er nahm mir die Flasche wieder ab.

Ich hob entgeistert die Augenbrauen. Meiner Meinung nach konnten wir das sehr wohl. Ich hatte nicht in geringster Weise das dringende Bedürfnis, mich von diesen Bestien zerfleischen zu lassen.

Aber noch bevor ich etwas erwidern konnte, hatte Mason die Tür geöffnet und die Hunde herausgelassen. Einer der wenigen Momente, in denen ich mir meine Waffe zurückwünschte. Ich wich ein paar Schritte zurück, doch offenbar hatte der Dämonenprinz es irgendwie geschafft, sich das Vertrauen von Baba Yagas einstigen Wachposten zu erschleichen. Es reichte ein Pfiff und sie gehorchten seinem Kommando.

Darauf hoffend, dass die Biester mich nicht auseinandernahmen, sobald ich ihnen den Rücken zuwandte, eilte ich zu dem Tor, das meines Orientierungssinnes nach zur Gasse führen musste, in die Mason vorhin gespäht hatte.

Als würden sie mich schon ewig kennen, folgten mir die Hunde brav und blickten mich erwartungsvoll an.

»Wenn ihr jetzt ein Leckerli erwartet, muss ich euch leider enttäuschen«, sagte ich noch, da schoss Mason schon an mir vorbei und riss mich mit sich.

»Lauf!«, rief er, obgleich ich schon längst die Beine in die Hand nahm und mit ihm gleichauf war. Was hatte er denn erwartet, das ich tun würde? Mir das Feuerchen aus der Nähe betrachten?

Die Druckwelle der Explosion riss uns dennoch von den Füßen. Die Hunde, die schon ein ganzes Stück vor uns waren, jaulten erschrocken auf.

Mühsam rappelte ich mich auf und wartete darauf, dass das Klingeln in meinen Ohren verschwand. Ich klopfte mir betont lässig den nicht existierenden Staub von der Hose und sah in Masons grimmiges Gesicht. Es sagte eindeutig ein »Ich hab dir ja gesagt, du sollst da nicht alleine rein«, ohne dass er auch nur ein Wort dafür gebrauchte.

»Das lief doch mal ganz gut. Klar hätte ich das auch irgendwie alleine hingekriegt. Vielleicht nicht so elegant. Vielleicht hätte dann aber sogar mehr als eine Feuerschabe überlebt«, plapperte ich, doch da hatte er mir schon den Rücken zugewandt und war losmarschiert.

Ich atmete tief durch. Ein Blick zurück zeigte das Bild totaler Verwüstung. Baba Yagas Zooladen war völlig demoliert. Die Scheiben waren aus den Fenstern geflogen. Flammen loderten aus dem Inneren und dicker Rauch brannte mir in der Lunge. Kurz dachte ich daran, dass wir vielleicht zumindest noch die zerrupften Vögel hätten befreien können.

Sirenen ertönten in der Ferne. Gerade rechtzeitig zog Mason mich hinter einen Müllcontainer in Deckung, als ein Polizeiwagen um die Ecke bog, und schmiegte sich eng an mich. Nur Zentimeter von meinem Gesicht entfernt, suchte sein Blick meine Augen.

»Das war knapp. Für meinen Geschmack etwas zu knapp«, murmelte er.

Ich bemühte mich, in meinem Adrenalinrausch nicht allzu begeistert zu wirken und versuchte mich an einem ernsten Gesichtsausdruck.

»Du hast viel zu viel Spaß an der Sache, das ist dir klar, oder?«, erklärte er.

»Als ob es nicht das wäre, was du so an mir magst«, sagte ich und grinste ihn provokant an. Seine Mundwinkel zuckten und er rollte die Augen, bevor er mich küsste.

Trotzdem, ernsthaft, hätte er sich dafür nicht einen etwas romantischeren Ort suchen können, als neben einem Abfalleimer, in dem die Ratten gerade ein Festmahl feierten?

»Lass uns nach Hause gehen. Ich möchte duschen. Und ich muss noch einen Anruf machen.« Ich zog den Brief, den ich aus Baba Yagas Papierkorb hatte, hervor. »Die alte Hexe hatte ihre Konten rein zufällig bei der Pollox.«

Auch wenn dieser Besuch in einer kleinen Katastrophe geendet war und ich wahrscheinlich sämtliche Hexen der Stadt gegen mich aufgebracht hatte, brachte er uns auch eine nette Spur ein, die es zu verfolgen galt. Wenn ich Einsicht in die Konten bekam, konnte ich vielleicht das Geld verfolgen, mit dem die Anschläge bezahlt wurden. Und seit Neuestem kannte ich schließlich jemanden, der in der Pollox arbeitete.

KAPITEL 8

Als ich am nächsten Morgen leise meine Jeans anzog, warf ich einen kurzen Blick auf den friedlich schlafenden Dämon unter meiner Bettdecke.

Kurz malte ich mir aus, wie es wäre, wenn Mason jetzt nicht verfolgt werden würde. Wenn er in seinen Palast könnte, dieses herrlich prunkvolle Gebäude mit all den Bediensteten. Fragte mich, ob er mich je wahrgenommen hätte, wenn wir uns irgendwo begegnet wären. Und wie ernst er das meinte, was er unter der Dusche gesagt hatte.

Schnell wischte ich den Gedanken beiseite. Ich wollte nicht darüber nachdenken, ob er mich wirklich auch dann mögen würde. Mochte er mich überhaupt? Oder war seine Annäherung vielleicht doch nur eine Reaktion auf den Stress unter Lebensgefahr? Vielleicht sollte ich mich darauf einstellen, dass diese Romanze, so schön sie auch gerade war, ein Ablaufdatum besaß, und sie einfach genießen, solange es eben ging.

Ein kurzer Blick auf mein Telefon sagte mir, dass ich losmusste. Ich war mit Stan verabredet, meinem ehemaligen Kollegen von der Polizei. Der einzige Staatsmann, dem ich vertrauensvolle Fragen zu einem möglichen Komplott gegen die Königsfamilie stellen konnte. Ein Glück, dass er mir den Zwischenfall mit den Keksen nicht sonderlich übel zu nehmen schien.

Der Rest der Wohnung war wie ausgestorben. Phil war bei Brian, der mir gestern Abend noch am Telefon tatsächlich zugesagt hatte, mir vielleicht helfen zu können. Flix würde erst heute wieder von ihrer Familie zurückkommen.

Ich vermisste die kleine nervtötende Fee.

Nur unsere neuen Haustiere schnauften auf dem Sofa.

Mein Handy klingelte, noch bevor ich in meinem Büro ankam. Entsetzt registrierte ich, dass die Tür nur angelehnt war. Jemand hatte sie aufgebrochen und war in meine Detektei eingedrungen! Den Blick noch immer auf meine Tür gerichtet, holte ich mein Telefon aus der Tasche und ging aus reinem Automatismus ran.

»Chloe? Chloe! Bist du da?« Ich hörte Masons Stimme abgehackt und undeutlich.

»Mason? Was ist los?«

»Sie sind in deiner Wohnung! Komm nicht zurück, tauch unter, hörst du? Ich … ja? … groß. Hast du verstand-« Die Verbindung brach ab, als nur noch Kampfgeräusche und ein Rauschen zu hören waren. Ich sah auf das Display, es zeigte meine Haustelefonnummer, doch ich hatte auch Straßenlärm gehört. Mason musste entkommen sein und mein Haustelefon mitgenommen haben, um mich zu erreichen, bis die Entfernung zur Station anscheinend zu groß geworden war.

Ich stieß einen Fluch aus und stürmte in mein Büro, in der Hoffnung, dass der Einbrecher meinen Safe nicht hatte knacken können. Die nicht registrierte Knarre darin hatte ich nur für den absoluten Notfall aufbewahrt. Das war ein Notfall.

»Chloe Sanchez. Dich haben wir gesucht.« Es war nicht Stans Stimme, die mich empfing.

Sprachlos fiel mir mein Handy aus der Hand und landete mit einem leisen Scheppern auf dem PVC-Fußboden.

An meinem Schreibtisch gelehnt saß ein Engel, den ich nur zu gut kannte, und zerdrückte mit seinem Arsch gerade meine Notizen zum Fall von Mrs. Allingston.

»Wie zur Hölle kommst du hier rein?«, presste ich durch meine Zähne hindurch. Erst jetzt fiel mir die Begleitung des Engels auf. Zwei Beamte durchwühlten in aller Ruhe meine Unterlagen und machten Fotos von meiner Pinnwand. Ein dritter nahm gerade eine Probe vom Boden vor der Couch. Dort hatte Mason noch vor ein paar Tagen alles vollgeblutet.

»Was willst du hier, Neil? Ich glaube kaum, dass du einen Durchsuchungsbefehl hast. Was wird wohl die Buchhaltung sagen, wenn sie die Rechnung für mein neues Türschloss bekommt? Oder der Richter zum unberechtigt verschafften Zutritt meines Büros?«

Neil Spanks grinste höhnisch und zog lässig ein Papier aus seiner Brustinnentasche, um gönnerhaft damit vor meiner Nase zu wedeln. »Du meinst so einen hier?«

Einen Moment verschlug es mir die Sprache. »Du - zeig her!« Ich griff nach dem Schriftstück, doch er ließ es außerhalb meiner Reichweite auf meinen Schreibtisch fallen. Wohl wissend, dass ich ihm ungern näherkam als mein Arm reichte. Was dann passieren konnte, wussten wir beide.

»Na na, ein bisschen Abstand, wenn ich bitten darf.« Er hob einen Zeigefinger. »Ich hab‘ noch einen zweiten Wisch für dich.« Diesmal griff er in seine Gesäßtasche. »Der ist sogar noch viel interessanter. Umdrehen, Sanchez, Sie sind verhaftet.«

»Wie bitte? Du hast einen Haftbefehl gegen mich? Mit welcher Grundlage?«, wetterte ich und machte keine Anstalten, mich umzudrehen. Einen Scheißdreck würde ich tun, ihm freiwillig den Rücken zuzuwenden!

»Verdacht auf Freiheitsberaubung, Verdacht auf Konsum von Dämonenblut und Verdacht wegen Mordes.«

»Des- *was*? Bist du jetzt vollkommen bescheuert?«

Neil ließ sich nicht sonderlich von mir beeindrucken, doch das hatte ich auch nicht erwartet. »Umdrehen und Hände auf den Rücken. Oder muss ich nachhelfen?« Er stand auf und baute sich bedrohlich vor mir auf.

»Das könnte dir so passen«, knurrte ich und holte zu einer harten Kopfnuss aus.

Offensichtlich hatte er eher mit einem Tritt in die Eier gerechnet, doch die winzigen Dinger hätte man wahrscheinlich leicht verfehlen können. Während er also mit zusammen gekniffenem Schritt zuckte, kam er mir mit seinem Kopf passender Weise auch noch entgegen.

Tausend Sternchen flimmerten vor meinen Augen, doch es hatte sich gelohnt. Aus Neils Nase schoss das Blut. Fluchend heulte er auf und schrie den drei Beamten zu, mich zu ergreifen, während ich schon längst die Flucht antrat und dummerweise in die Arme der Verstärkung lief.

»Hallo? Zimmerservice? Ich hätte gern einmal den Hummer und dazu Erdbeeren mit Schlagsahne, bitte. Und den Champagner nicht vergessen, ja?«

Ich saß allein in einer Zelle am hintersten Ende des Ganges in U-Haft und scharrte mit den Füßen. Gleichzeitig verwünschte ich mich selbst. Ich verdammte Idiotin hätte nach Hause laufen sollen, statt in mein Büro zu gehen. Wer wusste, ob Mason es noch geschafft hatte, zu entkommen?

»Fuck!«, rief ich und sprang auf. Ich konnte nicht länger stillsitzen. Meine Muskeln kribbelten vor Anspannung. Dann –endlich - hörte ich, wie sich eine Tür öffnete. Schritte von gut gepflegten und glänzenden, schwarzen Stiefeln hallten mir entgegen. Ohne Eile, aber zielsicher näherten sie sich dem Ende des Ganges, an dem meine Zelle lag. Sie gehörten zu dem Engel, den ich mehr verabscheute als jede andere Person auf diesem Planeten. Die schwarzen Haare von einem Billigfriseur geschnitten, das Kinn glattrasiert, die Uniform adrett gebügelt, die Nase mit einem Pflaster zugeklebt.

Neil Spanks war ein arrogantes Arschloch, das lieber anderen die Drecksarbeit überließ, als sich selbst die Finger schmutzig zu machen. Mich zu verhaften, hatte er sich aber trotzdem nicht entgehen lassen können, obwohl er inzwischen längst zum Captain aufgestiegen war und vorwiegend den Schreibtisch hütete.

Süffisant grinste er mich an. »Chloe, Chloe, Chloe«, säuselte er. Ich wollte brechen. »Weißt du, diese Entgleisung von dir, das passt wirklich außerordentlich gut.«

»Halt die Fresse, Neil.«

Er sah mich mit gespielter Entrüstung an. »Charmant wie eh und je, was? Deine Gossensprache wird dir noch ewig nachhängen, weißt du? Aber nun, es kann eben nicht jeder auf den aufsteigenden Ast.«

Ich schnaubte. »Was willst du bitte damit sagen?«

Neil beäugte sich die Fingernägel und säuberte sie sich gelassen, bevor er weitersprach. »In etwa einer Stunde habe ich einen Termin mit dem Bürgermeister höchstpersönlich, weißt du? Er lädt mich zum Essen ein.«

»Ach, wie schön. Ich hoffe, es bleibt dir im Hals stecken.« Ich zeigte ihm mein schönstes künstliches Lächeln, doch er reagierte gelassen.

»Danke. Ich schätze, es wird mir deutlich besser munden als dir der Fraß hier drin. Ich hätte dich ja lieber zu den Junkies und Nutten nach unten gebracht. Aber der Chief war dagegen. Jedenfalls wird es den Bürgermeister sicherlich sehr interessieren, wie erfolgreich der Polizeichef doch bei seiner eigenen Tochter zu sein scheint, wenn es darum geht, sich an die Gesetze zu halten.«

»Das wagst du nicht!«

Neil lachte schallend auf. »Du solltest mich besser kennen.«

»Warum tust du das? Reicht es dir nicht, mich losgeworden zu sein? Schön! Ich bin keine Polizistin mehr. Problem gelöst. Niemand mehr da, der sich weigert, in deinen dreckigen Arsch zu kriechen. Du hast deine Ruhe. Aber das hier verlässt eindeutig den Rahmen dieser Fehde, Neil!«

»Wieso denkst du immer, es würde nur um dich gehen? Nein, hier es geht um *mich*! Wie glaubst du, soll ich nach oben kommen, wenn alle Posten dort noch besetzt sind?«

»Du - das ...« Mir blieben die Worte im Hals stecken. Neil wartete auf keine Antwort. Mit einem eiskalten Lächeln, das mir die Nackenhaare zu Berge stehen ließ, beugte er sich zu mir nach vorn. Ich spürte seinen warmen Atem im Gesicht und wollte unwillkürlich zurückweichen, doch er sprach so leise, dass ich ihn andernfalls nicht verstanden hätte.

»Ich hab‘ gehört, du hast den kleinen Prinzen bei dir untergebracht. Nun, bei ihm verhält es sich genauso. Wer nach oben will, muss eben was verändern, Schätzchen. Und dafür müssen dann eben die alten Machtinhaber weichen.«

Ich hob eine Augenbraue. »Du unterstützt Ethan? Einen wahnwitzigen Dämonen, der keinen Tropfen königliches Blut besitzt, aber der Meinung ist, er hätte ein Anrecht auf … irgendwas? Was prinzipiell schon mal nichts Gutes verheißen kann, wenn solche Typen an der Macht sind. Und der dann auch noch das Gesetz zum Verbot des Bluttrinkens aushebeln will? Wie. Blöd. Kann. Man. Sein?« Es hätte mir klar sein können. Die beiden passten einfach perfekt zusammen.

»Weißt du, Chloe, du hast es noch immer nicht verstanden. Du hast noch immer nicht kapiert, wie eine Hierarchie funktioniert. Wir stehen nicht alle auf einer Stufe. Manche sind oben«, er hielt eine Hand ein wenig über unsere Köpfe, »und manche dort unten und bleiben an meinen Schuhsohlen kleben.«

»So wie Yvette?«

Er bemühte sich um Fassung, doch ich sah das Blitzen in seinen Augen. »Wer?«

»Tu nicht so. Beschmutze ihr Andenken nicht noch so, wie du sie beschmutzt hast«, knurrte ich und funkelte ihn bedrohlich an. Elender Wichser.

»Yvette, Yvette …« Er tat, als würde er ganz hinten in seinem Gedächtnis nach der Erinnerung kramen.

»Die Frau, die du immer und immer wieder zum Sex genötigt, vergewaltigt, terrorisiert und schließlich, als sie sich endlich traute, dich zu melden, so lächerlich gemacht hast, dass sie von der Brücke sprang. *Die* Yvette.«

Seine Augen weiteten sich übertrieben, als würde ihm jetzt erst ein Licht aufgehen. »Ach jaaaa, *die* Geschichte. Ja, da bist du mir wirklich unangenehm geworden.«

Ich ihm? Die, der das richtig unangenehm war, war Yvette!

»Was kann ich dafür, wenn so ein junges Ding von der Brücke hopst? Meine Schuld soll das gewesen sein? Weil sie für mich geschwärmt hat? Von wegen. Es war der Leistungsdruck, der sie dahin getrieben hat. Ich bin ja schon lange dafür, dass diese Regelung des Quotenmenschens endlich abgeschafft wird. Sie treiben die ganze Einrichtung in Verruf. Und dann auch noch eine Frau. Eine menschliche Frau bei der Polizei. Wozu sollte die gut sein? Als ob die mehr könnte, als Kaffee kochen und Berichte schreiben.«

Am liebsten hätte ich ihm noch einmal in seine arrogante Fresse geschlagen, vielleicht wieder auf die Nase. Doch beim Zielen durch die Gitterstäbe hätte ich den nötigen Schwung verloren. Nein, eigentlich hätte ich viel lieber etwas ganz anderes mit ihm gemacht.

»Ich hatte in meinem ersten Jahr mehr Verhaftungen als du in deinem«, sagte ich dafür und sah betont lässig auf meine Fingernägel, die definitiv nicht so schön manikürt glänzten wie seine.

Sein Lächeln erstarb. Ich hatte schon immer einen außerordentlichen Gefallen daran, ihm den Tag zu vermiesen. Vor allem, nachdem ich mir bei der inneren Behörde die Zehen angestoßen hatte. Niemand wollte sich vorstellen können, dass Neil zu solchen Taten in der Lage war. Schließlich war er doch derjenige, der die ganze Mannschaft regelmäßig mit Donuts versorgte! Und seine liebreizende Frau war immerhin so ein heißes Fahrgestell, trotz der zwei Kinder! Wieso sollte er sie betrügen wollen? Man munkelte damals bereits über die steile Karriere, die ihm bevorstünde. Irgendwas Großes würde aus ihm werden. Der nächste Bürgermeister bestimmt. Oder sogar Senator. Das passende, aalglatte Image dazu hatte er sich bereits aufgebaut. Wenn einer den Schneid dazu hätte, dann er. Und dass dann so eine Frau daherkam, die es ausnutzte, seinem Ruf zu schadete … Geldprobleme solle sie gehabt haben. Wahrscheinlich hatte sie versucht, ihn zu erpressen. Und dann, als die Last zu groß geworden war und sie auch noch drohte, wegen ihres Versagens in den Prüfungen von der Akademie zu fliegen wie fast jeder Quotenmensch, der aufgenommen wurde …

Ich unterdrückte ein Zittern. Yvette war meine Freundin gewesen. Sie hatte sich mir anvertraut, in der Hoffnung, ich könnte ihr helfen. Und ich hatte versagt. Galt als Störenfried. Die Emanze, die gutgläubig auf die Geschichten einer Lügnerin hereingefallen war. Nicht einmal das Tagebuch, in dem sie alles aufgeschrieben hatte, hatte geholfen. Und als sich bei der Autopsie herausstellte, dass sie schwanger gewesen war, wurde es unter den Tisch gekehrt, bevor ich auch nur das Wort ‚Gentest' in den Raum hatte werfen können. Wundersamerweise ging zu diesem Zeitpunkt eine großzügige Spende für das Department ein. Neue Gerätschaften für das Labor.

Neil hatte schon damals einflussreiche Freunde. Nicht nur einflussreich, nein, auch reich. Plötzlich konnte ich Masons Misstrauen verstehen, das ich erst persönlich genommen hatte. Das Misstrauen galt nicht Polizisten, wie ich einer gewesen war, sondern jenen wie Neil und allen, die ihn damit haben davonkommen lassen.

Neil wandte sich zum Gehen.

»Hast du dir mal überlegt, was passiert, wenn die Dämonen wieder Blut trinken? Du bist ein Engel! Die Verhältnisse werden sich komplett ändern! Er wird kaum zulassen, dass ihr dann wieder Kristalle nutzen dürft! Und selbst wenn, die Menschen werden sich wehren. Auch wenn sie schwache Körper haben, sie haben schon mal für genug Chaos gesorgt!«, rief ich ihm nach.

»Chloe. Du hast es noch immer nicht verstanden. Wen interessieren dann noch die Menschen? Ehe sie sich umgucken können, sind sie schon verschwunden. Sie haben ihre Atomwaffen nicht mehr.« Damit verließ er den Zellentrakt und ließ mich allein zurück.

Mir blieb der Mund offen stehen. Das konnte er nicht ernst meinen! Ich schlug mit der flachen Hand gegen die schwarzen Eisenstangen, die mich hier festhielten, sodass es nur so schepperte.

Plumpsend ließ ich mich auf die Bank fallen. Woher hat Neil wissen können, dass Mason bei mir war? Hatte uns ein Polizist gesehen und erkannt, ohne dass ich es bemerkt hatte?

Wenn Neil schon die ganze Zeit vorgehabt hatte, mich zu greifen, um an meinen Vater zu kommen, dann hat er mich mit Sicherheit beschatten lassen. Und Mason hatte seine Hoffnungen in mich gesetzt, weil er die Polizei hatte umgehen wollen ...

Ich seufzte. So gern ich mich auch dieser Wut darüber hingegeben hätte, sie brachte nichts, das wusste ich. Und es war nicht die rechte Zeit dafür. Kurz wünschte ich ihm ewig schales Bier und einen schlaffen Penis auf Lebenszeit (gut, ich muss zugeben, meine Verwünschungen waren doch etwas weniger freundlich), da öffnete sich die Tür ein zweites Mal.

Ein Dämon in einem schicken Anzug trat vor meine Zelle. Sein dunkles, volles Haar lag perfekt frisiert, ein gepflegter Schnauzbart zierte seine Oberlippe. Dunkle, ruhige Augen lagen auf mir und durchbohrten mich mit einer Mischung aus Verachtung und Scham.

»Hallo Dad.«

Chief Sanchez hatte erst die Hände in die Hüften gestemmt, doch jetzt fielen sie schlaff an ihm herunter. »Ich weiß nicht, was ich noch sagen soll.«

»Du weißt genau, dass die Anschuldigungen haltlos sind!«

Er sah mich lange an. »Zumindest wurde nichts in deinem Blut gefunden, dass darauf hinweist, dass du dich an einem Dämon gütlich getan hast.«

Ich schnaubte und rieb mir unwillkürlich die Stelle an meinem Arm, in die man die Nadel gebohrt hatte, um mir Blut abzunehmen. »Wieso sollte ich auch so dumm sein? Meinst du, ich würde riskieren, zum Vampir zu werden? Du müsstest es besser wissen.«

»Müsste ich das?« Dies war einer der Momente, in denen ich normalerweise wutentbrannt die Flucht ergriff, zu entrüstet, mich zu verteidigen, doch dicke Eisenstäbe machten das unmöglich.

»Gut, anscheinend traust du mir einfach alles zu. Auch Mord?«

Mein Vater, der stolze Chief, schnaufte. Na wenigstens etwas. Obwohl ich kurz daran dachte, dass dies so ziemlich der einzige Anklagepunkt war, der berechtigt war. Auch wenn ich mir ziemlich sicher war, hier mit Notwehr davonzukommen.

»Weißt du, wo Mason Frost ist?«

Ich sah hoch zu ihm. »Jetzt nicht mehr.«

»Chloe, bitte. Wir haben zwei Leichen in der Stadt und eine davon ist Adam Langsey, sein Leibwächter. Das ist nicht der richtige Zeitpunkt für Spielchen.«

Oh fuck.

»Ich spiele kein Spiel. Mason war bei mir und hat sich versteckt, weil jemand nach seinem Leben trachtet. Aber als ich in meinem Büro in den herzlichen Empfang von Neil geplatzt bin, hatte er mich gerade angerufen und mir gesagt, dass er angegriffen würde und fliehen muss. Apropos, du weißt, dass Neil dich gleich beim Bürgermeister schlecht machen will, um deine Stelle zu bekommen?«

Er lachte spöttisch. »Beim Bürgermeister? Chloe, Neil fährt gleich zu einer Beerdigung.«

»Er war eben hier und hat es mir selbst gesagt!« War das eine Krankheit, die Väter betrifft, dass sie einem einfach nie Glauben schenkten, wenn es drauf ankam?

»Du musst endlich mit diesem irrwitzigen Rachefeldzug aufhören, Chloe. Ich kenne Neil seit Jahren, er würde mich nicht hintergehen.« Nein, aber deine eigene Tochter, oder was? Hallo? Mich kannte er mein ganzes Leben! Aber auch er war irgendwann davon überzeugt, dass ich mich so auf Neil eingeschossen hatte, weil ich bei ihm abgeblitzt worden sei. *Würg.* Als hätte der Typ auch nur annähernd eine anziehende Wirkung auf mich haben können!

E-kel-haft.

Er holte einen großen Schlüsselbund hervor und öffnete meine Zelle. Schön zu wissen, dass er sich erst noch eine Weile mit Gitterstäben zwischen uns mit mir unterhalten wollte, statt mich gleich rauszulassen.

»Ich könnte einen Kaffee vertragen, wie sieht´s bei dir aus?« Ein Friedensangebot, das ich schlau genug war anzunehmen. Auch wenn ich dafür noch mit ihm in den Pausenraum musste, statt loszustürmen.

Ich nickte.

»Deine Anklagepunkte sind alle fallen gelassen worden. Du kannst dich übrigens bei Neil bedanken, weil er keine Anzeige wegen seiner Nase erstattet.« Nicht in diesem Leben. »Dennoch habe ich noch ein paar Fragen, die ich gerne beantwortet hätte«, sagte mein Vater, als er sich an der komplizierten Kaffeemaschine zu schaffen machte und schließlich frustriert darauf einschlug.

»Lass mich mal, Dad.«

»Du sollst mich hier nicht so nennen.«

»Du bist nicht mehr mein Vorgesetzter, weißt du nicht mehr?« Verdammt. Ich roch förmlich die Scheiße, in die ich mich mit diesem Satz hineinmanövriert hatte. Er hat mir nie verziehen, dass ich nach der ganzen Geschichte auch noch meine Kündigung eingereicht hatte.

»Dessen werde ich mir täglich bewusst.«

Ich nestelte gerade an dem Milchaufschäumer, als sich die Tür zum Pausenraum plötzlich öffnete. »Oh, Chief, Chloe, entschuldigt. Ich wollte mir nur noch schnell einen Kaffee für die Fahrt holen.«

Neils Stimme jagte mir einen eisigen Schauer über den Rücken. Kurz erwog ich, ihm die Plörre ins Gesicht zu kippen, doch das würde für mich nur wieder in der Zelle enden.

»Neil! Schön, Sie zu sehen, mein Beileid, ich hörte von Ihrem Verlust«, schleimte mein Vater, dass es nur so triefte.

Ich verdrehte die Augen, rang mich zu einem Lächeln durch und drehte mich, einen Pappbecher in der Hand, zu den beiden um. »Hier. Nimm meinen.«

Neil beäugte skeptisch den Kaffee. »Der ist doch hoffentlich nicht vergiftet.« Er tat, als wäre dies ein charmanter Witz, doch ich sah ihm an, dass seine Zweifel echt waren. Und gar nicht mal unbegründet.

Ich legte den Kopf schief. »Soll ich zum Beweis davon kosten?«, bot ich ihm an, doch die Blöße gab er sich nicht.

Er ergriff den Kaffee, prostete mir zu, verabschiedete sich mit einem knappen Nicken von meinem Vater und verließ den Raum wieder.

Ich hoffte wirklich, Phils Medizin würde erst anfangen zu wirken, wenn ich das Gebäude verlassen hatte. Besser noch, wenn *er* das Gebäude verlassen hatte, am besten im Auto. Ja, ich hoffte sogar auf dauerhafte Schäden.

»Der Mann hat mich noch nie enttäuscht«, schwärmte mein Vater diesem Vollarsch hinterher.

»Du meinst im Gegensatz zu mir, die schon als Enttäuschung geboren wurde?«, gab ich trocken zu bedenken. Allein schon, dass mein Vater daraufhin schwieg, statt etwas zu erwidern, bekräftigte meine Aussage und brachte mich nur noch mehr in Rage. »Deine Tochter, die stete Erinnerung an deine sagenhafte Nacht mit einer menschlichen Hure, die es gewagt hat, erst zum Vampir und dann zum Ghul zu werden und dir damit die Verantwortung für dein Kind aufzudrücken. Der große Fehler in deinem Leben, der dir ewig nachhängen wird!« Ich wedelte wild mit den Armen. »Dein stolzes Wolfsdämonenblut, das auch in der Königsfamilie liegt und deshalb ja ach-so-toll ist, vermischt zu einem Bastard, der dir nicht einmal als

Polizistin Ehre gemacht hat!« Wieso machte ich mir eigentlich die Mühe, diesen Idioten von Erzeuger zu schützen und hatte ihn warnen wollen?

Er sagte nichts. Sein Gesichtsausdruck dafür umso mehr. In seinen Augen las ich die Wut, aber auch Enttäuschung. Als könne er mir einfach nicht widersprechen, weil er damit lügen würde.

Ich packte die Lehne des Stuhls neben mir und pfefferte ihn krachend auf den Boden, um meiner Wut irgendwie Luft zu machen. Mein Vater blickte mich weiterhin an und begann als Krönung seines Starrens langsam den Kopf zu schütteln. Ich hetzte an ihm vorbei durch die Gänge der schlecht eingerichteten Büros der Beamten, vorbei an Polizisten, die Strafanzeigen aufnahmen und Berichte schrieben. Gerade eben sah ich noch, wie Neil, gefolgt von einem Wildschweindämon, der mir nur zu bekannt vorkam, in den Fahrstuhl stieg und ihm etwas in die Hand drückte.

KAPITEL 9

Ich sprintete durch die Menge, die sich selbstverständlich genau dann vor mir gebildet hatte, als ich es mal eilig hatte, und hielt nach einem Taxi Ausschau. Normalerweise war die Stadt überfüllt damit! Wo waren die Dinger jetzt? Ich winkte einem zu und stellte mich auffordernd an den Straßenrand. Als es an mir vorbeifuhr, wich ich erfolglos dem Wasserschwall aus, der mir entgegenkam, während es durch eine Pfütze rollte. Mit einem Fluch auf den Lippen schüttelte ich meinen triefenden Ärmel aus und wischte mir einige verirrte Tropfen aus dem Gesicht.

»Danke, dir auch noch einen verfickt schönen Tag!« Ich zeigte dem Taxifahrer den Mittelfinger und er mir, dass er auch einen besaß. »Arschloch.«

Ich sah auf mein Handy, es war aus und ging nicht mehr an. Wahrscheinlich war der Akku leer. Ich hoffte zumindest, dass es den Sturz heute Morgen überlebt hatte.

Irgendwie musste ich zu Olga kommen. Oder nach Hause? Nein, ganz ruhig. Erst ins Büro, die Waffe holen, dann von dort aus Olga anrufen.

Also hechtete ich zur U-Bahn um die Ecke und verpasste um Haaresbreite den nächsten Anschluss. Konnte ich bitte einmal, auch nur einen einzigen Tag in meinem Leben nicht Chloe Sanchez sein und stattdessen Glück haben?

Die eine Uhr am Bahnsteig, die nicht stehen geblieben war, zeigte inzwischen schon viertel vor vier an. Ich musste Stunden in der Zelle gesessen haben. Davor noch das ganze Prozedere mit der Körperdurchsuchung, Blutabnahme und die in Beschlagnahme meiner persönlichen Habseligkeiten. Mason konnte inzwischen schon sonst wo stecken. Wenn er denn überhaupt noch am Leben war.

»Ruhig bleiben. Der kann auch auf sich selbst aufpassen«, ermahnte ich mich. Aber konnte er das wirklich?

Ein alter, schäbig wirkender Mann mit starker Alkoholfahne musterte mich kritisch.

Die nächste Bahn fuhr ein. Ich sprang in den überfüllten Zug und quetschte mich zwischen zwei verschwitzte Oger, deren Kinder mir gegen die Schienbeine traten, als sie sich kabbelten, während eine Fee auf der Haltestange über mir saß, sodass mich ein Schwall Glitzer berieselte, sobald ich den Schlaufengriff berührte.

Ich nieste, sah hinaus und stellte mit nagender Verzweiflung fest, dass ich in die falsche Richtung fuhr.

Die Welt hatte sich gegen mich verschworen. Das war´s, ich gab auf. Dieser Prinz musste sich eindeutig selbst retten. Das Schicksal wollte es so.

Eine Station später wechselte ich das Gleis und stieg in eine fast leere Bahn.

»Olga? Olga, ist … ist mein Begleiter vom letzten Mal zufällig bei dir?« Ich hatte mich bereits drei Mal verwählt, bis mir einfiel, dass ich die Nummer meiner Freundin im Kurzspeicher hatte. Ich hoffte inständig, dass Mason auf die Idee gekommen war, bei ihr Zuflucht zu suchen.

»Chloe! Was? Nein, tut mir leid, hier ist er nicht. Was ist denn los?«

»Scheiße! Das erklär ich dir später, bleib wo du bist, ich komme so schnell zu dir, wie ich kann. Und bereite bitte einen Aufspürzauber vor. Was brauchst du dafür?«

Olga atmete pustend aus und es dauerte einen Moment bis sie antwortete. »Ich, ich muss überlegen, ich habe eigentlich alles da, nur einen Gegenstand von der gesuchten Person brauche ich, wie immer.«

Ich musste also tatsächlich erst nach Hause. Immerhin war es von hier aus nicht weit. Und ich hatte jetzt die Waffe. Neil hatte es nicht geschafft, Zugang zu meinem Safe zu bekommen. Dennoch wurmte mich, dass es ihm gelungen war, Olgas Zauberbanne zu brechen. Entweder gab es da noch eine Hexe, die gegen uns spielte, oder sie war mir eine Erklärung schuldig.

Ich sprang in mein Auto, das noch immer unweit meines Büros stand, seitdem ich heute Morgen hier verhaftet worden war, und schloss mein Handy am Ladekabel im Zigarettenanzünder an.

Ich überfuhr drei Stoppschilder und beinahe eine alte Frau, bevor ich Zuhause ankam.

Die Waffe in der einen Hand, öffnete ich meine Wohnungstür mit der anderen und trat sie mit dem Fuß auf, um beide Hände sicher am Griff zu haben.

Sofort ertönte das gedämpfte Kläffen der Hunde aus dem verschlossenen Badezimmer.

»Scheiße, das ist sie!«, rief ein Mann und rannte mit erhobenem Baseballschläger auf mich zu.

Ich schoss. Drei Schüsse in die Brust, bevor ich zur Seite sprang, weil er in seinem Tempo stolperte und bis in den Hausflur flog, wo er tot liegen blieb.

»Chloe!«, hörte ich Flix' Stimme. Sie war irgendwo hier!

Kopflos lief ich in die Wohnung und vergaß eine der wichtigsten Polizeiregeln überhaupt. *Immer erst prüfen, ob die Luft rein ist.*

Der zweite Kerl überraschte mich von rechts. Er stieß mich fest in die Seite, sodass mir die Waffe aus der Hand fiel und unter ein Regal schlidderte. Ich konnte ihm gerade eben so noch meinen Ellenbogen ins Gesicht rammen. Kaum aufgerappelt, prallte er schon wieder mit mir zusammen und schob mich mit seiner vollen Kraft durch den halben Raum. Krachend landete ich an der Badezimmertür, hinter der Baba Yagas Rottweiler tobten.

Kurz blickte ich in die Augen des Dämons. Ein breitnasiger, schmieriger Typ mit Halbglatze. Dann packte ich die Klinke, drückte sie runter und half mit einem Tritt nach, die Tür zu öffnen.

»Fass!«, brüllte ich. Wie zwei pelzige Kanonenkugeln schossen die geifernden Tötungsmaschinen aus dem winzigen und verwüsteten Bad und nahmen sich den armen Idioten vor, dessen Schicksal nun besiegelt war.

Neben seinen jämmerlichen Klagerufen und dem Knurren der Hunde vernahm ich ein leises Kreischen. Flix! Wo steckte sie? Es dauerte einen Moment, ehe ich die Kiste auf dem Esstisch wahrnahm, die mit meinem nie genutzten Bügeleisen beschwert war.

Ich stieg über die Hunde hinweg, die es irgendwie geschafft hatten, die Kehle des Schlägers zu fassen, und befreite die Fee aus ihrem Gefängnis aus Plastik.

»Flix! Ist dir was passiert? Bist du verletzt?« Ich beäugte meine beste Freundin so gut ich konnte, während sie aufgeregt in die Luft brauste und wütend hin und her schwirrte.

»Wo sind diese elenden Bastarde? Dreckige Hurensöhne! Kommt her ihr!«

»Flix!«

Nicht nur, dass wir keine Zeit für diese äußerst beeindruckende Schimpftirade hatten, Bastard und Hurensohn waren aus gewissen Gründen zwei Bezeichnungen, auf die ich etwas empfindlich reagieren konnte.

Dessen wurde sich die Fee wohl in diesem Moment auch bewusst. Sie hielt inne, sah mich an, als ringe sie mit ihrer Rage und brächte es vor Aufregung noch nicht dazu, sich angemessen zu entschuldigen.

»Was. Ist. Passiert?«

Flix atmete tief ein und aus, warf einen kurzen Blick hinüber zu dem Schläger, der das Vergnügen mit den Hunden gemacht hatte. Kurzerhand beschloss ich, die beiden Erebos und Ares zu nennen. Es erschien mir irgendwie passend.

Ich marschierte in mein Zimmer und bedeutete Flix, mir nachzukommen.

»Ich bin nach Hause gekommen, wie geplant, und auf einmal lande ich in einem Müllsack! Die beiden … *Typen* da haben mir aufgelauert, mich in diese Kiste gesperrt und dann weiter abgewartet. Die hatten es auf dich abgesehen, soviel habe ich raushören können. Wer sind die, Chloe? Und warum zum Geier haben wir diese zwei *Monster* in der Wohnung? Von den Wichsern sind die doch nicht! Die hatten solche Angst vor denen, dass sie sich nicht aufs Klo getraut haben. Frag mich ja ehrlich gesagt, wie sie sie da reingekriegt haben.«

»Nein, die sind von Baba Yaga. Mason hat sie - sagen wir adoptiert.« Ich hatte gefunden, was ich gesucht hatte. Auf meinem Kissen lag ein Haar, das definitiv vom Kopf des Dämonenprinzen stammte. Wenn Olga damit keinen perfekten Aufspürzauber schaffte, wusste ich auch nicht weiter.

»Adopt- ist der *irre*? Und dann schleppt der die hierher? Weiß er nicht, was Hunde mit kleinen, süßen Feen machen?«

Beinahe prustete ich los. Klein war Flix. Aber *süß*?

»Hast du etwas von ihm gehört? Haben die Typen irgendwas gesagt? Ob sie ihn gekriegt haben vielleicht?«

Flix schüttelte ihren schwarzen Kopf, während sie mir Richtung Wohnungstür hinterherflog. »Nein, über ihn haben sie nicht gesprochen. Irgendwann hat der eine geschnallt, dass ich sie hören kann, und zum anderen gesagt, er solle die Klappe halten.«

Ich fluchte und stieg über die Leichen hinweg. »Was soll´s. Wir müssen so oder so hier weg. Es dauert bestimmt nicht mehr lange und die Polizei taucht hier auf. Komm!«

Wir bogen gerade um die nächste Häuserecke, als der erste Streifenwagen an uns vorbeifuhr. Ich wollte gar nicht daran denken, wie ich aus dieser Nummer wieder rauskommen sollte.

Flix flog vor mir ins Auto und schnallte sich mit ihrem eigenen Gurt an, einer Sonderanfertigung für Feen. »Und was machen wir jetzt?«

»Wir fahren zu Olga. Sie wird Mason aufspüren.«

»Und dann?«

»Retten wir den Dämonenprinzen, was denn sonst?«

Flix grinste. »Gibt´s auch ´nen Drachen?«

Unwillkürlich dachte ich an seine Stiefmutter. Ob der Vergleich passte?

Meine Reifen quietschten, während ich mich durch den Feierabendverkehr der Stadt wühlte, bei jedem Stopp aufs Neue. Inzwischen war es nach fünf, die Straßen waren vollgestopft und ertönt von einem monotonen Hupkonzert etlicher, genervter Autofahrer. Nicht, dass ich entspannt gewesen wäre.

»Fahr doch, du Idiot!«, brüllte ich dem Wagen vor mir entgegen und wedelte mit der rechten Hand, die Linke auf die Hupe gepresst. Ruckelnd kam er in Bewegung. Ich zog scharf an ihm vorbei und überholte, obwohl ich es hier gar nicht durfte.

»Wenn du so weitermachst, werden wir noch von den Bullen angehalten«, warnte Flix. Wahrscheinlich hatte sie recht. Vielleicht wären wir zu Fuß sogar schneller gewesen, doch da ich nicht wusste, wo Mason steckte, wollte ich mein Auto in der Nähe behalten.

Flix kleiner Arm deutete auf mein Armaturenbrett. »Du musst bald tanken.«

»Danke, Flix. Das ist gerade eines meiner geringsten Probleme«, fauchte ich.

»Nicht, wenn wir deswegen auf halber Strecke liegen bleiben.« *Atmen, Chloe. Ruhig atmen.*

Olgas Haus war inzwischen in Sichtweite. Ich war versucht, im absoluten Halteverbot zu parken, doch ich wusste, hier wurde innerhalb von drei Minuten abgeschleppt. Zwei Querstraßen weiter fand ich endlich eine winzige Parklücke und rannte, gefolgt von der fliegenden Fee, die zwei Blocks zurück. Stürmisch drückte ich auf die Klingel und trommelte mit einem Finger auf dem Türgriff, bereit, mich dagegen zu drücken, doch der Summer wollte nicht ertönen.

Ich klingelte erneut, diesmal länger. Nochmal. Nichts.

»Komm schon, Olga, mach auf!«, flehte ich, doch die Hexe reagierte nicht. Ich drückte auf einen anderen Knopf, dann auf alle. Endlich öffnete jemand.

»Dankeeee!«, rief ich, während ich die Treppe hinaufstürmte. Die Schimpftirade der Nachbarn ignorierte ich, auch wenn Flix hinter mir irgendwelche Entschuldigungen piepste.

Trotz meiner Ausdauer keuchte ich, als ich vor ihrer Wohnung ankam und gegen ihre Tür hämmerte. »Olga?« Ihre Wohnung blieb verschlossen.

Eine Tür hinter mir öffnete sich und ein Mann mit orientalisch anmutendem Hautton blickte mich fragend an.

»Suchen Sie die Hexe? Die Polizei war vor einer halben Stunde da und hat sie mitgenommen.«

»Was? Die Polizei? Fuck!« Ich raufte mir die Haare. Dann nickte ich ihm zu. »Danke.«

»Was kann die Polizei von Olga wollen?«, rätselte Flix.

Ich dachte nach. »Das waren Neils Leute. Komm mit.«

Zurück in meinem Auto kramte ich meinen Notizblock aus dem Handschuhfach und kritzelte ein paar Nummern aus meinem Telefon darauf.

»Was tust du da?«

»Olgas Verhaftung lässt nur einen logischen Schluss zu.« Ich kurbelte das Fenster herunter und warf mein Telefon aus dem Fenster in den nächsten Gully. Flix starrte mich entsetzt an. »Ich werde überwacht. Mein Handy wahrscheinlich genauso wie mein Anschluss im Büro und Zuhause.« Ich erzählte ihr von meinem Ausflug in den Knast. »Wenn mein Dad nicht der Chief wäre, wäre ich darin verrottet. Also versuchen sie es gleich auf die harte Tour. Neil wusste, dass mir diese Schläger auflauern würden, wahrscheinlich hat er sie dorthin beordert. Mein Glück heute Morgen war, dass wohl irgendein Zeuge, vielleicht ein nicht ganz so korrupter Kollege, verhindert haben muss, dass ich direkt beseitigt statt verhaftet werde.«

»Und was machen wir jetzt, um Mason zu finden? Oder holen wir Olga aus dem Knast?«

Ich schüttelte den Kopf. »Die müssen wir leider eine Weile warten lassen. Ich bezweifle, dass Neil mich nach dem Genuss seines Kaffees noch einmal in irgendeiner Art und Weise davonkommen lässt.« Flix legte den Kopf schief und sah mich fragend an, doch ich beließ es bei einem Grinsen. »Das erzähl ich dir später.«

»Und was machen wir stattdessen?«

»Unsere Ressourcen zusammensuchen und das Problem an der Wurzel packen.«

Flix hob fragend die Augenbrauen. »Was bitte meinst du damit?«

Ich hatte den Gang eingelegt und war damit beschäftigt, mich in den Verkehr einzufädeln. »Wenn wir Mason nicht finden können, müssen wir den finden, der versucht, ihn umzubringen. Aber am besten mit unwiderlegbaren Beweisen in der Tasche.«

»Sag mal, was läuft da eigentlich mit dir und dem Prinzen?«, begann Flix ausgerechnet jetzt.

»Meinst du echt, dass das jetzt der richtige Zeitpunkt ist?«

»Ohh, ihr hattet Sex, oder?« Die Fee flog ein paar Zentimeter in die Höhe.

»Flix, entspann dich und schnall dich wieder an.«

»Das bedeutet also ja.«

Ich versuchte, meinen Blick weiter auf die Straße zu konzentrieren, kam jedoch nicht umhin, ihr breites Grinsen zu bemerken. Genervt verdrehte ich die Augen.

»Ich wüsste nicht, dass dich das was angeht«, blockte ich ab und setzte den Blinker, um dann doch kurzerhand auf die andere Spur zu wechseln, womit ich ein Hupkonzert auslöste.

»Er war dein Erster, oder?«

Erstaunt riss ich die Augen auf und warf ihr einen perplexen Blick zu. »Äh, was?« Wie zur Hölle kam sie denn darauf?

»Dein erster Dämon, meine ich. Hattest du bis jetzt nicht immer nur Menschen?«

Ich schwieg.

»Das werte ich mal ebenfalls als ein Ja. Und? Wie ist er so? Also im Bett? Ist da ein wirklicher Untersch-« Sie brach ab, als ich plötzlich rechts einscherte und mit vollem Karacho in eine freie Parklücke fuhr.

»Flix. Mal abgesehen davon, dass dich das *absolut* nichts angeht, habe ich jetzt durchaus andere Sorgen als mein Sexleben.«

»Sex- oder Liebesleben?«

»Ich meine es ernst. Ich wurde heute Morgen verhaftet, Mason ist verschwunden, du wurdest überfallen und Olga ist von der Polizei abgeführt und *hoffentlich* auch nur in eine Zelle verfrachtet worden. Können wir uns jetzt *bitte* konzentrieren?« Ich hatte schon länger den Verdacht, dass die Fee an einer Art ADHS litt. Im Moment sah ich mich darin nur bestätigt. Worauf ich jetzt allerdings liebend gern verzichtet hätte.

»Da vorn ist eine Telefonzelle. Ich muss Phil anrufen.« Ich deutete mit einem Kopfnicken auf den oldschool-anmutenden Apparat an der Straßenecke.

»Echt jetzt? Die Dinger gibt´s noch?«

Ich ignorierte ihr Geplapper und stieg aus. Den Zettel in der einen Hand, kramte ich mit der anderen nach ein wenig Kleingeld und wählte Phils Nummer. Die Mailbox sprang sofort an.

»Dies ist die Mailbox von Phil Whitmore …«, kam es aus dem Lautsprecher. Ich wartete ungeduldig, bis das Piepen ertönte.

»Phil? Phil, hör zu, ich hoffe, diese Nachricht erreicht dich rechtzeitig. Komm nicht nach Hause, hörst du? Es gab einen … na ja, einen kleinen Zwischenfall. Flix ist bei mir, uns geht es gut. Aber wir müssen uns treffen. Am besten -« Ich stockte, um meine Gedanken zu sortieren. Ja, was war eigentlich am besten? »Am besten du tauchst erstmal unter. Ich melde mich wieder, wenn ich kann. Und traue niemandem.« Wow, mehr Klischee konnte diese Nachricht wohl nicht erfüllen. Jetzt musste ich mir erst einmal etwas anderes überlegen und stieg wieder zu Flix zurück ins Auto.

KAPITEL 10

In der City angekommen, musste ich notgedrungen das Parkhaus nutzen. Hier gab es breite Gehwege, an denen höchstens mal ein Foodtruck gestattet war, der zur Mittagszeit die hungrigen Angestellten versorgte, doch für alle anderen galt absolutes Halteverbot.

»Was wollen wir hier?«, wollte Flix wissen und setzte sich auf meine Schulter. Sie mochte diese großen, gläsernen Drehtüren nicht, wie die meisten ihrer Artgenossen, doch die Pollox Bank war nicht für ihre Kundenfreundlichkeit Feen gegenüber bekannt. Sie zielten eher auf Kunden ab, die für gewöhnlich deutlich mehr Geld verdienten als es bei den meisten Feen der Fall war.

»Ich brauche Anhaltspunkte und Brian hatte versprochen, mir zu helfen. Außerdem gefällt es mir nicht, dass ich Phil nicht erreicht habe«, antwortete ich und marschierte auf den Mann am Empfangstresen zu. Ein groß gewachsener, aalglatter Dämon im schicken, maßgeschneiderten Anzug musterte mich von oben herab und legte sich offensichtlich schon die Worte zurecht, mit denen er mich wieder hinaus befördern wollte. Ich war absolut nicht das, was dem gewünschten Kundenprofil der einflussreichsten Bank der Stadt entsprach.

»Guten Tag, ich würde gerne zu einem Ihrer Kollegen, er heißt Brian«, begrüßte ich den Schnösel, der der Uhr an der

Wand ihm gegenüber deutlich mehr Aufmerksamkeit widmete als mir. Ich warf einen Blick über die Schulter. Es war kurz vor sechs, der Feierabend war in greifbarer Nähe.

»Ich bitte um Verzeihung, ich habe keine Ahnung, von wem Sie reden. Wenn ich Sie nun bitten darf.« Wie ich erwartet hatte.

»Brian. Engel, einen Meter fünfundachtzig groß, braune Locken, gut frisiert, kommen Sie, wie viele Angestellte können hier schon arbeiten? Sie kennen sicher Ihre Kollegen.« Ich wedelte mit einer Hand auf Höhe von Brians ungefährer Körpergröße herum.

Der Dämon, dessen Geruch mir ein wenig in der Nase stach, rümpfte die seine. Ich schnupperte. Eindeutig etwas Katzenartiges. Das passte ja.

»Ich fürchte, ich kann Ihnen nicht helfen, Ma´am.«

Ma´am. Ich musste tief durchatmen, um nicht sofort die Beherrschung zu verlieren und ihn über den Tresen hinweg anzuspringen.

»Chloe, ich glaube nicht, dass wir hier weiterkommen«, flüsterte Flix mir ins Ohr. Prompt füllten sich meine Augen wider meines Willens mit Tränen, die ich nur knapp unterdrücken konnte.

»Ich bin eine Freundin von Brian. Ich denke nicht, dass er sich darüber freuen wird, zu erfahren, dass Sie mich nicht zu ihm durchgelassen haben, aber gut, wenn Sie so wollen.« Wenn das hier funktionieren sollte, durfte ich keine Unsicherheit zeigen. Hier war Bluff gefragt, den ich trotz des drohenden Heulanfalls rüberbringen musste.

Es funktionierte. Ein kleines Zucken seiner rechten Wange verriet ihn. Er wich meinem Blick aus, bevor er wieder sprach. »Es tut mir leid, Ma´am. Wie war Ihr Name noch gleich?«

»Chloe. Chloe Sanchez, wenn Sie ihm bitte sagen würden, dass ich da bin?«

Der Mundwinkel des Dämons zuckte kurz, als er den Hörer ergriff. »Aber selbstverständlich, Miss Sanchez.«

Meine Finger krallten sich in die Oberfläche seines Tresens. Wenigstens nannte er mich nicht mehr Ma´am.

Er drehte sich kurz um, als er in den Hörer sprach. »Ja? Miss Chloe Sanchez ist hier … Ja. Ja, natürlich. Danke.« Er wandte sich wieder mir zu. Flix ignorierte er geflissentlich. Arroganter Arsch. »Wenn Sie noch einen kleinen Augenblick warten würden. Er wird gleich da sein.« Lächelnd wies er auf eine mit Schnörkeln verzierte Holzbank an der Wand, doch ich roch die Scheiße förmlich und bewegte mich keinen Zentimeter. Der Kerl stank nach Lüge, da stimmte doch was nicht. Ich ging langsam rückwärts.

»Was ist los?«, flüsterte Flix mir ins Ohr.

»Das waren mir ein paar Informationen zu wenig«, gab ich leise Antwort und sah zum Ausgang, vor dem unauffällig ein Wachmann Position nahm. Schon klar.

Lächelnd nickte ich dem Katzendämon zu, täuschte einen langsamen, gemächlichen Schritt Richtung Bank vor und fuhr herum. Eine Drehung und ich duckte mich unter dem Arm des Wachmanns hindurch. Er griff nach mir, was ich mit einem festen Tritt gegen sein Schienbein nichtig machte. Flix kreischte schrill auf und bescherte mir ein taubes Ohr. Ich griff nach der Tür, bekam sie jedoch gleichzeitig mit dem immer noch fluchenden Wachmann zu fassen. Und so kollidierte mein Kopf, statt nach draußen zu kommen, mit dem Holzrahmen. Kurz sah ich Sterne. Im

Hintergrund erklang Geschrei, dass sogar Flix Gekreische übertönte. Ich holte aus und rammte mit der Schulter so fest gegen die Tür, bis der Wachmann zurücktaumelte. Der Weg war frei und ich sprintete los. Aus der Bank, auf der breiten Ladenstraße nach links.

Ein Streifenwagen war mit Blaulicht auf den Bürgersteig gerast, kam abrupt zum Stehen und den näher kommenden Sirenen nach zu urteilen, waren noch weitere im Anmarsch.

»Aber-!«, protestierte Flix.

»Nein, hier lang!« Mit großen Schritten rannte ich auf die nächste U-Bahn zu, vor der sich gerade der letzte Feierabendverkehr tummelte. Je drei Stufen auf einmal nehmend, hastete ich die Treppe hinab durch die voller werdende Menge. Gerade eben hatten sich die Türen der umliegenden Bürokomplexe geöffnet und eine riesige Schar Angestellter ausgeschwemmt, die sich auf ihren arbeitsfreien Abend freuten.

Von wüsten Beschimpfungen begleitet, schubste ich eine Gruppe Modepüppchen zur Seite und stob durch die wartenden Fahrgäste, die sich bereit machten, in die gerade einfahrende Bahn zu steigen.

»Da vorn ist sie!«

»Schussfreigabe nur bei freiem Sichtfeld, ich wiederhole: Erst schießen, wenn ihr sie auch wirklich treffen könnt!«, brüllte jemand. Scheiße, was?!

Ich hechtete nach links durch die Tür und rannte durch den Waggon.

»Sie ist im Zug!«, ertönte es hinter mir.

»Im Zug!«, echote es von weiter hinten.

Ich wich einer Familie mit zwei kleinen Kindern aus. Verdammt. Zivilisten. Fluch und Segen zugleich.

Im allerletzten Moment sprang ich, Flix in der Hand, durch die nächste Tür, die sich jetzt wieder schloss und damit zusammen mit den anderen all meine Verfolger einsperrte, zurück auf den Bahnsteig.

»Kluger Schachzug!« Flix flog wieder neben mir. Ich wusste, sie konnte es nicht leiden, wenn ich sie einfach so packte, doch sie akzeptierte es, wenn ich wie jetzt einfach keine andere Wahl hatte.

»Hier hoch«, wies ich sie an und steuerte über die nächste Treppe den anderen Ausgang der Station an. »Tut mir leid, aber hätten sie uns ins Parkhaus laufen sehen, wären wir niemals wieder herausgekommen«, erklärte ich ihr keuchend, als wir uns einen Weg zur Hinterseite des grauen Klotzes suchten.

»Meinst du, die Luft ist rein?«

Ich verzog achselzuckend das Gesicht. »Schwer zu sagen. Ich bete, mein Wagen ist nicht zur Fahndung ausgeschrieben, aber da kann ich nicht wirklich mit rechnen. Meine Hoffnung ist, dass sie nun ausgeschwärmt sind.« Ein Knoten in meinem Magen bewies, wie unsicher ich dabei in Wirklichkeit war.

Ich setzte mich hinters Steuer und widerstand dabei dem Drang, mit einem Affenzahn aus dem Parkhaus zu brettern, um so nur doch wieder alle Aufmerksamkeit auf mich zu lenken. Praktischerweise fuhr ich ein absolutes Standardmodell. Aus Kostengründen hatte ich mich damals für einen silbernen Nissan entschieden. Noch nicht ganz in die Jahre gekommen, beinahe jung.

»Okay, können wir bitte einmal kurz rekapitulieren?«, sagte Flix, bevor ich den Motor starten konnte. »Was bitte ist da gerade passiert?«

Ich atmete tief durch. Rekapitulieren war gar keine schlechte Idee. »Der Typ in der Bank, bei dem ich mich noch ganz herzlich bedanken werde, hat die Cops angerufen. Oder jemanden, der die Cops gerufen hat, ich weiß es nicht. Er wusste auf jeden Fall, dass Neil mich sucht, denn ich stehe nicht offiziell auf der Fahndungsliste.« Zumindest hoffte ich das, ich war immerhin gerade erst aus dem Knast entkommen und das legal. Obwohl sich das auch schon wieder geändert haben konnte, nachdem ich zwei Leichen in meiner Wohnung zurückgelassen hatte. Komisch, dabei hatte ich mir immer vorgestellt, ich würde mich wenigstens mit einem Tattoo an eine Zeit hinter Gittern erinnern. Ich musste zugeben, nun war ich doch ein bisschen enttäuscht.

»Wir müssen irgendwie Phil erreichen. Ich mag mir gar nicht ausmalen, wie es ihm ergeht, wenn er jetzt nach Hause kommt.«

»Ich hoffe einfach mal, dass er bei Brian ist«, meinte Flix.

»Ja.« Dumm nur, dass wir noch immer nicht wussten, *wo* das war.

Ich suchte ein zweites Mal nach einer Telefonzelle. Als ich zwei Mal Pech hatte - die erste wies ein durchtrenntes Kabel vor und die zweite schluckte mein letztes Kleingeld - marschierte ich in einen dieser schäbigen Elektronikgebrauchtläden und besorgte mir dort ein Wegwerfhandy. Das hätte ich mal viel früher machen sollen, ärgerte ich mich. Sonst war das klare Denken in Ausnahmesituationen doch meine Stärke und jetzt verschwendete ich wertvolle Zeit mit der Suche nach einer Telefonzelle! Einer Telefonzelle, scheiße noch eins!

Ich tippte Phils Nummer ein und wartete. Diesmal hatte ich Glück. Endlich ging er ran.

»Phil! Dem Spaghettimonster sei Dank, dass ich dich erreiche! Wo zum Geier steckst du?«

»Chloe? Was ist denn los?« Phil klang verschlafen. Meine Fresse, sein Leben hätt' ich gern. Mitten in der Woche und er verschläft einfach mal den Nachmittag.

»Phil, *wo* bist du?«

»Bei Brian, wieso? Waren wir verabredet?«

»Nein, nein. Hör zu, wir müssen uns treffen, aber komm nicht nach Hause, da ist es nicht sicher.« Ich stockte kurz. »Generell ist es nicht sicher. Selbst dieses Telefonat nicht, es kann sein, dass wir abgehört werden. Kannst du in einer halben Stunde zu deinem Lieblingsladen kommen?«

Ich gab ihm noch ein paar weitere Instruktionen und legte dann auf. Immerhin war ihm noch nichts geschehen.

KAPITEL 11

Zwanzig Minuten später parkte ich den Wagen in einer kleinen Seitenstraße unweit von Phils Lieblingsclub, vor dem um diese Uhrzeit erwartungsgemäß noch nichts los war. Ich hatte aber auch nicht vor, mit ihm hineinzugehen. Eher hatte ich versucht, einen Ort zu finden, auf den Neil nicht so schnell kommen würde mit den Anhaltspunkten, die er durchs Telefonat möglicherweise bekommen hatte.

Dabei wurde Phils Telefon vermutlich gar nicht überwacht, sondern vielmehr nur mein Handy und das Bürotelefon. Für mehr als zwei Apparate dürften selbst ihm nicht genug Ressourcen zur Verfügung stehen. Nahm ich zumindest an.

»Chloe, das alles gefällt mir nicht. Besonders nicht, dass du so wortkarg bist.«

Ich kaute abwesend auf meiner Unterlippe herum. Eine lästige Angewohnheit. »Entschuldige, Flix. Aber ich habe nicht mehr als Vermutungen. Ich weiß nur, dass Mason verschwunden ist. Ob untergetaucht oder nicht, keine Ahnung. Ich muss ihn auf jeden Fall irgendwie finden, bringe aber gerade gefühlt jeden in meinem Umfeld damit in Gefahr und …« Ich starrte auf die Schlagzeile, die gerade gegenüber von uns über einen Bildschirm in einem Schaufenster flimmerte. »Der Dämonenkönig ist tot?« Las ich da richtig? »Fuck.«

Flix sah mich schief an. Keine Ahnung, was sie wollte. Sie sollte meine Ausdrucksweise inzwischen gut genug kennen.

»Was bedeutet das?«, wisperte sie.

»Ich weiß es nicht.« Nein, ehrlich gesagt mochte ich einfach nicht darüber nachdenken, ob das bedeutete, dass Mason bereits tot war und Ethan sich nun sicher genug war, um seinen Plan weiter zu verfolgen.

Wenn der König verstorben war, hieß das, dass Mason Thronfolger war. Sofern er noch lebte. Offiziell galt er als vermisst, hieß es in dem Bericht, zu dem Stichpunkte unten über den Bildschirm liefen.

Mich überkam ein Schauer. Konnte ich mich daran klammern? Nicht ganz. Ein bisschen schlich da dieser kratzende, hässliche Gedanke in meinem Hinterkopf herum, der verkündete, dass sie seinen Tod auch vielleicht noch nicht bekannt geben wollten. Ich schluckte und sah auf die Uhr. Phil kam grundsätzlich zu allem zu spät, das wusste ich, doch ich hoffte, ich hatte ihm den Ernst der Lage verständlich machen können.

Hatte ich. Ich erspähte ihn sogleich nur wenige hundert Meter entfernt, wie er auf der gegenüberliegenden Straßenseite auf die nächste Ampel zusteuerte, die er dann mit ein paar Flügelschlägen umging. Im Geiste atmete ich auf und stieg aus. Ich wartete neben dem Eingang des Clubs, bis Phil mich entdeckt hatte, und bedeutete ihm dann mit einem Kopfnicken, mir in die Gasse zu folgen, in der das Auto stand.

Ich sah mich noch einmal um. So langsam aber sicher wurde ich paranoid.

»Chloe, was ist los?«

»Hey Phil …« Ich suchte in Gedanken nach den passenden Worten.

»Chloe? Wo ist Mason? Und warum zum Teufel ist es gefährlich Zuhause?«, bohrte Phil nach, den ich schon lange nicht mehr so wach gesehen hatte. Zumindest nicht seit wir nicht mehr zusammen arbeiteten.

Er war nicht immer dieser Engel mit den trüben Gedanken gewesen, von denen er nicht wusste, wie er sie verarbeiten sollte. Abgestumpft und abgekämpft durchs Leben treibend. Er war zwar kein Cop gewesen, sondern schon vor dem Abschluss von der Akademie gegangen, doch er hatte eigentlich das Zeug dazu.

Wenn Polizeischüler nicht zum Mobbing neigen würden, anstatt sich auf ihre Prüfungen zu konzentrieren. Vielleicht hatten sie Dampf ablassen wollen. Ich weiß ehrlich gesagt nicht, was passiert war. Er hat es mir nie gesagt, doch er war danach nie wieder derselbe. Jetzt aber war dieser wache Blick, mit dem ich ihn kennen gelernt hatte, wieder da.

»Mason wurde heute Morgen Zuhause überfallen, während man mich im Büro verhaftet hat«, begann ich zu erklären. »Er konnte wohl erst fliehen, aber ob sie ihn nicht doch noch …« Ich raufte mir die Haare und stockte. Während ich tief durchatmete, versuchte ich, den Kloß in meinem Hals wieder runterzuschlucken. »Ich habe keine Ahnung, wo er jetzt ist. Zuhause wartete ein Empfangskommando der unangenehmen Art auf mich.«

»Das mich übrigens in eine Kiste gesteckt hat!«, warf Flix entrüstet ein und flatterte dabei zwischen uns auf und ab.

»Olga ist von der Polizei abgeführt worden und nun ist der Dämonenkönig tot. Phil, ich muss Mason finden.«

Ich musste mich vor allem erst einmal sortieren und zog dabei Flix an einer ihrer winzigen Hände zur Seite und aus meinem Sichtfeld. Das Flittern ihrer kleinen Flügel war anstrengend für meine Augen.

Er sah mir tief in die Augen und nickte leicht. Phil hatte verstanden. Dankbar versuchte ich, etwas wie ein Lächeln zustande zu bringen.

»Aber warum die ganze Geheimniskrämerei?«, fragte er.

»Weil sie mir nicht mehr traut«, ertönte eine Stimme, noch ehe ich selbst antworten konnte.

Verdammt, ich habe ihm doch gesagt, er soll allein kommen!, schoss es mir noch durch den Kopf, als Brian hinter der Ecke hervor in die Gasse trat.

Nur Phils überraschter Blick ließ mich erkennen, dass er keine Ahnung hatte, was sein Lover hier machte.

Dieser schlenderte nun mit einem erhobenen Handy hinter seiner Deckung hervor. »Spyware. Tolle Erfindung«, sagte er knapp und hochmütig grinsend. Betont gelassen ging er zum entsetzten Phil und steckte es sich dabei in die Hosentasche.

Ich kochte innerlich vor Wut und registrierte das Messer in seiner anderen Hand, das er zückte und meinem zu einer Salzsäule erstarrten Mitbewohner an den Hals hielt.

»Was zu-?«

»Fresse«, knurrte Brian und widmete sich mir.

»Er hat uns verraten, Phil«, erklärte ich finster. »Er stand die ganze Zeit in Kontakt mit Neil und den anderen Polizisten, die Ethan unterstützen. Er hatte keine Sekunde lang vor, uns wirklich zu helfen.«

Ich hörte Flix neben mir wütend grollen. Jetzt hatte auch sie verstanden, was ich zuvor noch nicht gewagt hatte, auszusprechen. Hoch lebe meine Paranoia.

Phil rang sichtlich um Fassung. Ungläubig und das alles anscheinend nicht so recht begreifend blinzelte er zu dem Mann, in den er sich in den letzten Tagen zu verlieben begonnen hatte. Nein, er war volles Rohr in den Typen verknallt. Meine Gefühle zu Mason waren ein Scheißdreck gegenüber dem, was Phil in einer Nanosekunde entwickeln konnte, wenn er nur genügend Hoffnung hatte, dass dieser Jemand ihn aus seinem beschissenen Tief herausholen würde. Ich kann nicht mehr zusammenzählen, wie oft ich ihm gesagt habe, dass er das nur allein kann und sich dabei auf niemanden verlassen sollte, aber was wusste ich schon? Beziehungstipps holte man sich dann doch lieber von jemandem, der auch eine erfolgreiche Beziehung zu führen wusste, und nicht von mir, die - wie sagte es mein Vater gleich noch mal? - ‚einem jeden Mann das Gefühl jeglicher Männlichkeit nahm'. Sowas selten Dämliches hatte ich zuvor noch nie gehört.

»Du Scheißkerl.« Phil sprach die Worte so gefasst aus, dass ich richtig stolz war. Nur die Tränen in seinen Augen und das Beben der Unterlippe verrieten, wie sehr es gerade in ihm tobte.

»Du hast dich nur auf ihn eingelassen, um Mason ans Messer zu liefern?«, keifte Flix drauflos. Ich hatte meine beste Freundin selten so in Rage gesehen. Und das, obwohl sie von der Geschichte zwischen den beiden gar nicht so viel mitbekommen hatte. Doch, egal was für ein irrer Haufen wir waren, hier ging jeder für jeden ins Feuer. Und vermutlich war es einzig dem Messer an Phils Kehle zu verdanken, dass Flix nicht auf Brian losging, um ihm die Augen auszukratzen.

»Ich bin nicht so ein Arsch, wie ihr denkt. Ich wusste nichts davon, als wir uns kennenlernten, Phil, das kannst du mir glauben.«

Ah. Er versuchte, sich selbst ein reines Gewissen einzureden und sich zu rechtfertigen. Na ganz fein.

»Und was bitte soll das ändern? Du hast dich dennoch dafür entschieden, Mason zu verraten«, fauchte ich.

Einen Augenblick wandte er den Blick von mir und drehte den Kopf zu Phil. »In der Bank machst du keine Karriere, indem du einfach nur gut arbeitest. Du musst Beziehungen aufbauen, verstehst du? Und die da oben sind nun mal alles Dämonen.« Er schnaufte. Vermutlich dachte er, dass wir ihn ohnehin nicht verstehen würden. Doch natürlich verstand ich. Die gesamte Pollox war infiltriert und ich dumme Gans hatte es bis vorhin unterschätzt.

Wenn schon das Polizeirevier davon betroffen war, dann die Bank ohnehin. Schließlich musste irgendwo das Geld herkommen. Und das ohne Aufsehen zu erregen. Da waren Freunde in hohen Positionen schlicht logisch. Aber niemals hätte ich ernsthaft damit gerechnet, dass ausgerechnet Brian uns so hintergehen würde. Zumindest nicht, bis zu unserer Verfolgungsjagd mit den Cops.

Der nickte inzwischen in Richtung Auto. »Los, rein da«, wies er mich an, während er Phil noch immer mit dem Messer in Schach hielt.

Doch ich nutzte den kurzen Moment, den Brian auf die Hintertür sah, um zu überlegen, wie er am besten mit Phil auf die Rückbank käme. Ich zog die Waffe und drückte ab.

Armer Phil. Das Blut spritzte ihm ins Gesicht, während Brians lebloser Körper schlaff zu Boden fiel.

In eine Art Schockstarre verfallen stand Phil da. Das Blut tropfte von seiner Wange und landete mit einem leisen Platschen auf dem Boden, wo die Leiche lag, die nun ein deutliches Loch im Kopf aufwies.

Ich hatte noch immer die Waffe erhoben. Mir erging es nicht anders. Obwohl ich Polizistin gewesen war, hatte ich nie jemanden töten müssen. Klar hatte ich oft geschossen, doch das war auf dem Übungsplatz gewesen. Und nachdem ich gestern zugesehen hatte, wie Mason die Hexe ertränkte, hatte ich jetzt selbst abgedrückt.

Langsam kehrte wieder der Straßenlärm zurück in mein Bewusstsein. Nach und nach wurde ich wieder klar im Kopf. Schreie drangen bis in mein Gehirn vor und wurden träge als Bedrohung verarbeitet. Zeugen hatten mitbekommen, was passiert war, und flohen panisch vor mir.

Phils einzige Bewegung bestand darin, den Blick auf Brian zu senken.

Ich wusste nicht, was ich sagen sollte. War es mein Recht, jetzt etwas zu sagen? Oder sogar meine Pflicht?

»Leute.« Flix war offensichtlich als erste wieder in der Lage zu sprechen. »Leute, wir müssen hier weg.«

Ich sah Phil in die Augen, als wir beide gleichzeitig nickten. Phil, der auch mal Polizist werden wollte. Wie würde er damit umgehen?

»Okay, Phil, du kennst jede Realityserie über die Royals. Wenn wir Mason nicht aufspüren können, wo könnten wir Ethan finden?«

»In … im Landhaus seiner Mutter vielleicht. Sie hat mal erwähnt, dass er sich gerne ins Nebengebäude einnistet.« Bingo, ich wusste doch, er war zu etwas zu gebrauchen!

»Gut, wie kommen wir dahin?«

Wenig später ratterte ich mit Flix auf dem Beifahrersitz die gerade Chaussee entlang, die uns zu Sharpay Frosts Anwesen führen sollte. Da meine Scheinwerfer in der Nacht schon kilometerweit zu sehen sein würden, blieb mir nichts anderes übrig, als sie für den Rest des Weges auszuschalten. Ich musste das an Nachtsicht nutzen, was die halbdämonischen Kräfte meines Blutes hergaben.

Flix war davon nicht sonderlich begeistert. Von meiner Fahrweise sowieso schon verängstigt, klammerte sie sich an den Haltegriff über der Tür und machte keinen Pieps.

Phil hingegen sah ich schon, da ich bewusst nach ihm Ausschau hielt, als wir dann in deutlich gemächlicherem Tempo an der Auffahrt vorbeifuhren und etwas Abseits auf einem Waldweg hielten. Er war geflogen, statt sich in mein Auto zu quetschen. Wie es schien hatte der Flugwind ihm dabei auch noch den Kopf ein wenig geklärt, denn sein Blick schien wieder klar, doch seine Bewegungen wirkten noch immer hölzern und merkwürdig mechanisch.

Ich hatte nicht die leiseste Ahnung, wie ich jemals wieder gutmachen konnte, dass ich soeben seinen Freund erschossen hatte. Und dann hatte ich zuvor auch noch seinen gesamten Medikamentenvorrat in Neils Kaffee geschüttet, um mich an ihm zu rächen. Ich konnte ihn also noch nicht einmal damit auffangen, bevor Olga aus dem Gefängnis kam und noch mehr von dem Trank gebraut hatte.

Trotz der Dunkelheit wirkte das Backsteingebäude auf dem hoch umzäunten Grundstück imposant in der Dunkelheit. Die sorgfältig gepflegten Hecken vor den Fenstern untermalten die strahlendweißen Fensterrahmen, die aussahen wie frisch gestrichen. Auf dem Boden fand sich nicht ein Laubblatt, als wäre schlicht alles verboten, dass diesen Anblick beeinträchtigen könnte.

Gemeinsam schlichen wir drei uns an der Häuserwand des Gebäudes entlang, nachdem Phil mich mit ein paar Flügelschlägen über den Zaun gebracht hatte.

»Meinst du nicht, es gibt eine Überwachungsanlage?«, hielt ich ihn zurück, als er die Hand auf eine Türklinke legte.

Phil stockte und wartete, bis ich durch das nächste Fenster gespäht hatte. Ich konnte keine Alarmanlage erkennen, doch das sollte noch nichts heißen.

Plötzlich sah ich eine Bewegung im Inneren und duckte mich.

»Da ist jemand«, flüsterte ich den beiden zu. Ich lief in gedrungener Haltung um die nächste Ecke. Dort erreichte ich dann auch das Nebenhaus, von dem Phil gesprochen hatte.

Das Poolhaus war nur dezent weniger pompös gehalten, wenn man es genau betrachtete, unterschied es sich nur in der Größe vom Haupthaus. Im Gegensatz zu diesem hatte es nur ein Stockwerk und war nicht von Hecken gesäumt, doch die Fensterbänke zierten goldene Kerzenständer, die genug protzten. Ich deutete auf das Gebäude und arbeitete mich vorwärts, um ungesehen zu Ethans bevorzugtem Rückzugsort zu kommen. Wieder checkte ich durch ein Fenster, ob die Luft rein war. Hier war mit Sicherheit keine elektronische Sicherheitsanlage verborgen, soviel konnte ich erkennen. Zauberbanne waren natürlich trotzdem möglich, die mussten schließlich nicht immer wie in meinem Büro auf die Fensterbank gemalt werden.

Ich wartete einen Moment, bis Flix an meiner Seite war und mit ihren dünnen Ärmchen in das Schloss griff. Niemand konnte besser Schlösser knacken als sie.

Nur kurze Zeit später sah ich ihr triumphierendes Lächeln.

Es klickte leise, als ich die Klinke herunterdrückte und die Tür sachte aufstieß, um mir Einlass zu verschaffen. Im Inneren führte ein großer, breiter Flur mit einem riesigen Kronleuchter in der Mitte in mehrere verschiedene Räume. Auf Anrichten zu beiden Seiten der Wände zierten Fotos in goldenen Rahmen den Raum.

Vorsichtig schlich ich hinein. Irgendetwas sagte mir, dass wir hier nicht fündig werden würden. Auch wenn dies Ethans kleines Lieblingsversteck war, hatte er Mason nicht mit hierhin genommen.

»Es scheint nicht so, als wäre hier jemand«, murmelte Flix leise, während sie an der nächsten Tür um die Ecke linste.

Ich nickte zustimmend, achtete dabei aber nicht darauf, ob sie mich sah. Stattdessen lenkte ich meine Aufmerksamkeit auf eins der Bilder.

»Phil?«

»Hm?«

»Sag mal, ist das eine Collegejacke der Elite University of -?« Ich deutete auf eins der Fotos.

»Demons and Witches, ja. Wieso? Alle Mitglieder der Königsfamilie haben dort studiert. Siehst du, da, das sind Ethan und Eleonora.«

»So ein Foto hing auch bei Baba Yaga an der Pinnwand. Nur ohne ihn … dafür …«, ich tippte auf die Frau rechts im Bild, »mit ihr. Eleonora.«

»Baba Yaga hatte ein Foto der Prinzessin in ihrem Büro?«

Ich nickte. Zuvor hatte ich sie nicht erkannt, doch in diesem Moment fiel es mir auf einmal ein. Augenscheinlich wurden die Fotos nur in einigen Minuten Abstand gemacht.

»Mit ihr und anderen Studentinnen. Und ich möchte wetten-« Jemand, der sich an der Tür zu schaffen machte, unterbrach mich. Noch bevor ich mich in Sicherheit bringen konnte, ging sie auf und Bridget trat ein.

»Chloe?«

Ich atmete erleichtert auf. Wenn sich auch sonst alles auf dieser Welt stets und ständig gegen mich verschworen hatte, immerhin hatte ich jetzt dieses eine Mal Glück!

»Was tust du denn hier?«, fragte ich dennoch überrumpelt. Als wäre das ungewöhnlich.

»Putzen, selbstverständlich. Miss Malkins hat mich befördert, weißt du? Ich darf mich jetzt um die Landhäuser kümmern.« Sie strahlte über das ganze Gesicht. »Eigentlich sollte ich heute das der Prinzessin machen, doch dann hieß es plötzlich, das wäre nicht nötig und ich solle hierher kommen. Ich glaube ja, sie hat einen Geliebten, den sie da heute vernascht.« Sie zwinkerte mir zu. »Aber was machst du hier? Etwa noch ein Probearbeiten?« Ihre Miene hellte sich kurz auf, bis sie Phils und Flix Anwesenheit wahrnahm und langsam realisierte, dass hier etwas nicht stimmte.

»Eleonoras Haus. Wo ist das?«, wollte ich wissen, doch Bridget klappte mit einem Mal den Mund zu und wich den Kopf schüttelnd zurück. *Verdammt.*

Seufzend zog ich meine Waffe hervor.

»Chloe! Du hast doch nicht etwa vor, sie auch zu erschießen?« Flix schnappte entrüstet nach Luft. Hatte sie wirklich unbedingt *auch* sagen müssen?

Bridgets Augen weiteten sich. Sie presste sich an die Tür und versuchte, sie zu öffnen, hatte nur dummerweise vergessen, dass diese nach innen aufging.

»Nein, natürlich nicht. Zumindest nicht, wenn ich nicht muss«, erklärte ich und wedelte mit der Knarre herum.

Bridget zuckte zusammen und setzte sich jetzt endlich in Bewegung. Ich lotste sie durch ein paar Räume in ein Esszimmer und setzte sie auf einen der schick gepolsterten Stühle.

»Phil. Wenn du so freundlich wärst.« Ich zeigte auf eine Schnur, mit der die Gardinen zusammengehalten wurden. Der Engel verstand sofort und begann das Hausmädchen zu fesseln.

»Tut mir leid, Bridget, irgendwann wirst du mir das hoffentlich verzeihen«, begann ich, doch unter dem einsetzenden Schluchzen wurde mir klar, dass ich die Situation damit nicht würde besser machen können. »Phil, bitte sag mir, dass du weißt, wo wir hin müssen.«

Mein Mitbewohner nickte zaghaft, doch auch ein bisschen zweifelnd. »Ja, nein, ich bin mir ehrlich gesagt nicht ganz sicher …«

»Na prima. Phil. Ich bitte dich! Ich verspreche dir auch, dass ich nie wieder deinen Freund umlege. Bitte, denk nach.« Damit hatte sich der Gedanke erledigt, je wieder Bridgets Vertrauen zu erlangen.

Phil wirkte unsicher.

»Na schön. Kommt, ich hab da noch eine Idee«, sagte ich. Es tat mir fürchterlich leid für die arme Bridget, sie da nun so zurücklassen zu müssen, doch ich wusste, sie würde Alarm schlagen. Bevor wir gingen, griff ich ihr noch in ihre Jackentasche und kramte ihren Schlüssel heraus. Bingo. Es war einer von denen, mit denen man die Tür aus der Entfernung öffnen konnte. Anhand des Aufblinkens der Lichter fand ich ihr Auto sofort.

Im Wagen startete das Navi automatisch mit dem Motor. »Jackpot.«

KAPITEL 12

Ein paar Fingertipper später leuchtete die Route einen Weg durch die Dunkelheit.

Phil, der auch in diesen Wagen nicht gepasst hätte, linste kurz auf den kleinen Bildschirm, dann nickte er. »Wir treffen uns da.«

Bridgets Dienstauto war um ein paar Klassen schicker als mein Nissan, das musste ich zugeben. Ob es auffiel, wenn ich ihn einfach behielt? So als Teil der Spesen?

»Woher kanntest du die Menschenfrau?«, wollte Flix wissen.

»Recherche, Flix. Dabei lerne ich auch mal jemanden kennen. Knüpfe Kontakte, verstehst du? Das ist manchmal sogar hilfreich.« Hatte ich die Fee wirklich vor kurzem noch vermisst? Auch ihre ständigen Fragen? »Flix, bitte sag mir, dass wir noch eine Chance haben, rechtzeitig zu kommen«, flehte ich sie an. Sollte sie lügen, es war mir egal.

Sie tat es nicht. Auch wenn sie schwieg, sah ich ihr an, dass sie mit mir hoffte.

Obwohl keine Seele auf den Straßen unterwegs war und ich das Gaspedal bis zum Anschlag durchdrückte, hatte ich das Gefühl, wir würden ewig brauchen. Minuten wertvoller Zeit, die Sekunde um Sekunde verstrich.

»Erklär´s mir bitte noch mal«, bat Flix. »Ich bin noch nicht ganz dahinter gestiegen. Es hat irgendetwas mit diesem

Bild von dem College auf sich, soviel hab ich verstanden, aber was?«

»Das Bild von Eleonora, es war auch bei Baba Yaga, der Hexe, die den Golem beschworen hat. Den, der Mason und mich angegriffen hatte.« Flix nickte. »Nur eben in einer etwas anderen Version. Da war sie dann mit einigen anderen Studentinnen zu sehen, offensichtlich enge Freundinnen. Ich vermute, die Fotos wurden kurze Zeit hintereinander gemacht. Und ich gehe stark davon aus, dass diese Freundinnen ganz zufällig Hexen sind, die zu Baba Yagas Zirkel gehörten.«

Flix Miene hellte sich auf. »Das heißt, es war gar nicht Ethan, sondern Eleonora? Die Prinzessin? Um die er sich noch groß Sorgen gemacht hat, weil sie nun schutzlos im Schloss zurückgeblieben war?«

Ich zuckte mit den Schultern. »Wirklich schutzbedürftig scheint sie mir nicht zu sein.«

Ich deutete durch die Windschutzscheibe, wo diesmal eine weiße Villa in viktorianischem Stil zu sehen war.

Wir waren – endlich – angekommen und konnten gerade noch beobachten, wie ein schickes Cabriolet mit verschlossenen Dach vorfuhr. Eine große, schlanke Blondine im Designerkostüm stieg aus und schlug die Tür wutentbrannt hinter sich zu.

»Was meinst du damit, diese *Vollidioten* haben ihn gefangen genommen?«, brüllte sie aus vollem Leib einem Mann im Anzug entgegen, der vor dem Haus stand und augenscheinlich dort auf sie gewartet hatte. Ich erkannte ihn als Ethan Frost. »Wenn sie jemanden gefangen nehmen sollten, dann diese Schlampe, bei der er sich versteckt hat, um sie zu befragen, wo *er* ist!«

In dem Moment, in dem ich kapierte, dass die Schlampe ich war, verlor sie jäh sämtliche Symphathiepunkte, die sie nie gehabt hatte.

»Ihn sollten sie töten, wie schwer kann das denn sein?«, zischte sie nun deutlich leiser.

Im Auto des Hausmädchens getarnt schenkte uns die Prinzessin wie auch ihr Begleiter kaum Beachtung, als ich auf einen weiter entfernten Parkplatz fuhr. Sie senkten lediglich die Stimmen, da sie wohl glaubten, ich wäre eine menschliche Bedienstete und könnte sie so nicht verstehen. Irrtum, Bitch.

Also stieg ich aus, verbeugte mich höflich und so demütig ich konnte, während ich etwas nuschelte, von wegen ich hätte etwas im Poolhaus vergessen.

Kurz stutzte Eleonora mit einem Ausdruck, als hätte sie gerade eine Kakerlake entdeckt, bevor sie sich entschied, mich zu ignorieren. Ich hielt die Luft an. Ganz offensichtlich hatte ich soeben mal wieder einen ziemlich dummen Fehler gemacht. Das Personal redete niemals mit den Adligen. Ja sie nuschelten nicht mal in ihrer Gegenwart.

»Beruhig dich, komm. Ich hole uns was zu trinken«, schaltete sich Ethan sanft ein. »Und schrei um Himmels Willen bitte nicht so herum!«

Mein Nacken kribbelte. Eleonora sah sich noch einmal nach mir um, doch da war ich schon hinter der nächsten Hecke verschwunden und hockte mich in den Schatten einer Statue. Eleonora blieb stehen.

»Weißt du, was das bedeutet? Dass wir ihn jetzt selbst loswerden müssen. Seine Leiche, Zeugen, Beweise, einfach alles. Wir können das nicht hier machen. Es war schwer genug, diesen neuen Gorilla von Security abzuschütteln«, fuhr sie flüsternd fort. »Und Cole soll sich später um dieses neue Dienstmädchen kümmern. Ich vertraue nur Bridget.«

War ich damit gemeint? Jetzt wurde sie persönlich! Das Miststück wollte mich nicht nur als Chloe umbringen, sondern auch als ihre Angestellte!

Ethan nickte. Von meinem Versteck hinter einer Statue an der Ecke des Hauses aus, konnte ich erkennen, wie er sie ins Innere geleitete.

Mit einem leisen Flügelrascheln kündigte Phil sein Kommen an, begleitet von Flix, die in Anbetracht der Prinzessin sofort in ein nahe gelegenes Gebüsch verschwunden war.

»Was machen wir jetzt?«, wisperte sie.

Ich überlegte, doch mir rann die Zeit davon. »Phil, ich könnte ein Ablenkungsmanöver gebrauchen. So in zwei bis drei Minuten, spätestens.«

Flix öffnete den Mund, um etwas zu erwidern, doch als Phil nickte, schien sie es sich anders zu überlegen. Sie folgten mir zu dem hinteren Teil des von kunstvoll geschnittenen Büschen gesäumten Grundstücks.

»Flix, ich brauche noch einmal dein Talent«, flüsterte ich, warf Phil noch einen letzten Blick zu und drückte ihm meine Waffe in die Hand.

»Zur Sicherheit.«

Phil machte keine Anstalten, sie anzunehmen. »Du gehst da nicht ohne Waffe rein!«, zischte er.

»Ich werde da drinnen schon was finden«, versicherte ich ihm und ließ ihn allein zurück. Im Schutz der Schatten schlich ich mich mit Flix durch den Garten zum Haus. Viele kunstvolle Gebilde aus Blumen und Figuren, die aus Hecken geschnitten wurden, boten ausreichend Deckung.

Über den Fenstern und damit außer Sichtweite jeder Person, die sich drinnen aufhalten könnte, flog die Fee die Hauswand ab, um nach einer Möglichkeit zu suchen, hineinzugelangen.

»Die Tür dort ist verschlossen«, erklärte sie mir, als sie wieder bei mir angekommen war und wies dabei hinüber zur Terrasse. »Wir könnten es hier versuchen.« Sie zeigte ein Stück weiter abseits zu dem Fenster eines verdunkelten Raumes, das auf Kipp geöffnet war. Ich nickte und lief geduckt hinter ihr her.

Die kleine Fee schlüpfte durch die Öffnung. Ich ergriff das Fenster an der Oberseite und zog daran, während sie sich mit ihrem Körper dagegenstemmte. Nach einigen Versuchen schloss sich das Fenster, doch Flix scheiterte daran, den Hebel zu bewegen. Aufgeregt wedelte sie mit den Armen, bis ich das Fenster wieder aufdrückte.

»Chloe, das klappt nicht. Ich bin zu leicht.«

Ich raufte mir die Haare, als könnte es mir beim Denken helfen. »Gut«, sagte ich leise und drehte mich suchenden Blickes zu Phil, »dann eben anders.« Mit einem »Psst!« machte ich ihn auf mich aufmerksam und gab ihm ein Zeichen, loszulegen.

Kurz sah er mich perplex an, dann raffte er sich, streckte die Schultern und marschierte auffällig wankend über das Gras zum Pool, dessen Beleuchtung in einigen Metern Entfernung die Terrasse erhellte. Mit erst unverständlichem Murmeln mimte er den Betrunkenen, torkelte über die Steinplatten und stieß gegen eine äußerst hässliche Steinfigur auf einem protzigen Sockel, die mit einem lauten Klirren auf dem Boden zerbrach.

»Ouhhh! Das *tut* mir aber leid, das wollt‘ ich nich‘!«, grölte er. Einen Augenblick später hatte er eine kleine fahrbare Minibar gefunden, an der er sich geräuschvoll zu schaffen machte. Eine Flasche ging ebenfalls zu Bruch, während er eine andere in der Hand behielt.

»Halleluja!«, rief er und beäugte das Etikett. »Der Fusel muss hunderte Dollar wert sein!«

Sein Auftritt verfehlte seine Wirkung nicht. Es dauerte nicht lange, da wurde die Tür der Terrasse nach einem Klicken aufgerissen und zwei Männer stürmten ins Freie. Prinz Ethan und wahrscheinlich einer der Schläger, die Mason gefangen genommen hatten.

»Was zum Geier erlauben Sie sich?«, brüllte er den Engel an.

»´allo!«, grinste Phil und hielt ihm den Schnaps hin. »Möchse auch n Schluck?«

Ethan japste auf.

Ich ergriff derweil meine Chance und schlüpfte unbemerkt durch die offene Tür. Drinnen huschte ich hinter den Vorhang, in der Befürchtung, Eleonora könne sich in unmittelbarer Nähe aufhalten, doch der Raum war leer.

Von draußen hörte ich, wie Ethan weiterhin Phil anbrüllte, der nun einem lauten Platschen nach zu urteilen, Gegenstände oder sich selbst ins Wasser warf.

Bevor die Prinzessin sich womöglich noch dazu entschloss, ihnen zu Hilfe zu eilen, durchquerte ich mit Flix den Raum und huschte so leise wie möglich durch den Flur. Wo konnte Mason nur stecken?

Ich wäre beinahe mit einer überdimensionalen Vase kollidiert, als ich in einiger Entfernung Stimmen vernahm.

»Was zum Henker treiben die da draußen?« Eleonora klang ganz und gar nicht so lieblich, wie Mason sie dargestellt hatte. Meines Erachtens nach war sie ein Biest durch und durch. Ein Handy klingelte. Auf leisen Sohlen arbeitete ich mich weiter in ihre Richtung vor und blieb neben der angelehnten Tür stehen.

»Ja?«, fauchte sie und lauschte kurz dem Anrufer. »Diese komischen Ahnungen interessieren mich einen Scheißdreck, sieh zu, dass du herkommst. Hör zu, es ist fast geschafft, klar?«

»Was ist los, Ellie? Verläuft etwa nicht alles nach Plan?«, hörte ich Masons Stimme - Mein Herz setzte einen Moment aus. Er war also mit ihr da drin. Und es ging ihm zumindest gut genug, um zu sprechen.

»Halt die Klappe!« Es klang, als würde sie ihm eine Ohrfeige verpassen. »Ich an deiner Stelle würde nicht so große Töne spucken.«

Mason stieß einen Laut des Hohns aus. Mein Herz dagegen hämmerte so stark in meiner Brust, dass ich fürchtete, sie könnte es hören. Flix saß starr auf meiner Schulter und lauschte ebenso.

»Ich hab' keine Angst vor dir.« Seine Stimme klang gelassen und ruhig.

Eleonora lachte. »Wieso? Glaubst du, deine kleine Maus kommt dich retten?«

»Ich würde nicht den Fehler machen und sie unterschätzen.«

Noch bevor Eleonora etwas erwidern konnte, drang erneut Lärm von draußen durch das nächste Fenster. Phil johlte und gackerte wild.

»Was zur Hölle macht ein nackter Engel in meinem Garten?«

Als ich ihre Schritte näherkommen hörte, stolperte ich hastig rückwärts durch die nächste Tür in die Küche. Gerade noch rechtzeitig. Eleonora rauschte wutentbrannt den Flur entlang, sicherlich um draußen für Ordnung zu sorgen.

»Meinst du, Phil kommt klar?«, fragte Flix flüsternd.

Ich durchsuchte derweil hastig die Schubladen, bis ich in einer ein großes Kochmesser fand.

»Wohl kaum ein angemessener Ausgleich zu einer Pistole, oder?« Was hatte sie erwartet? Dass ich ein Maschinengewehr finden würde?

Ohne ihr zu antworten, ging ich an ihr vorbei und eilte zu dem Raum, aus dem Eleonora kurz zuvor gekommen war.

Flix warf einen Blick hinein und hielt einen Zeigefinger in die Höhe. Noch ein Sicherheitsmann. Wahrscheinlich der zweite derer, den sie draußen noch als Idioten bezeichnet hatte. Sie flog auf den Boden und linste auf Fußhöhe wieder in den Raum, um mir dann gestikulierend zu vermitteln, dass er rechts im Raum stand. Keine zwei Sekunden später gab sie das Signal zum Zuschlag.

Ich stieß die Tür auf, bereit, zuzustechen, erwischte ihn jedoch geradewegs in einer Drehung, sodass er allein durch die Wucht der Tür zurücktaumelte. Mit einem kräftigen Schlag des Messergriffs gab ich ihm den Rest. Der Hüne ging zu Boden.

»Mason!«

Er saß auf einem Stuhl in der Mitte des pompös eingerichteten Raumes, die Hände auf dem Rücken gefesselt und grinste mich an. »Ich hatte schon gedacht, du kommst nicht mehr.«

»Von wegen. Ich hab' euch gehört«, gab ich zurück und checkte unterdessen seine Hände. Er war mit zwei Paar Handschellen an den Stuhl gekettet und sah schrecklich aus. Seine Wange war aufgeplatzt, das rechte Auge zugeschwollen und die Unterlippe blutete. Jemand hatte ihn kräftig vermöbelt. Wann ließ die Wirkung dieses Schwächungszaubers denn endlich nach?

»Flix. Ein Job für dich.«

Flix nickte und machte sich sofort an den kleinen Schlössern zu schaffen.

»Das war also deine Schwester. Hm? Liebreizendes Kind«, murmelte ich und sicherte dabei mit dem erhobenen Messer die Tür.

»Nicht wahr?«

»Immerhin lagst du mit Ethan nicht ganz daneben.«

Mason grunzte. »Stimmt. Nur, dass sie ihn dazu überredet hat. Ich kann´s nicht fassen. Meine Schwester! Die, die immer sagte, sie wolle das Ganze nicht. Sich ein Leben *abseits der Öffentlichkeit* wünschte.« Mason schüttelte den Kopf, doch seine Kraft verließ ihn und es wirkte eher kläglich. Er hatte Mühe, die Augen offenzuhalten.

Ich lauschte. Von draußen war nichts mehr zu hören. Kurz hielt ich den Atem an. Ein Schuss ertönte.

Flix japste auf und hielt kurz inne.

»Flix! Reiß dich zusammen und mach weiter!«

Sie zuckte zusammen und widmete sich wieder ihrer Aufgabe. Die erste Handschelle war bereits gelöst.

Ich nahm sie und sicherte damit den am Boden liegenden Handlanger, bevor er womöglich noch zu früh wieder zu sich kam. Obwohl er dann wahrscheinlich vor Kopfschmerzen kaum würde geradeaus gucken können.

Ich sah mir seine sabbernde Visage genauer an. Er kam mir bekannt vor. Es war nicht der Wildscheindämon aus der Kneipe, doch er hätte locker sein Bruder sein können.

Ich hörte Schritte. Ethan erschien im Flur. Hinter ihm folgte Eleonora, die von einem äußerst nackten und pitschnassen Phil mit einer Pistole am Kopf in Schach gehalten wurde. Ich war jetzt schon gespannt darauf zu hören, wie er das geschafft hatte.

Keine Sekunde später, stieß Flix einen triumphierenden Laut aus und befreite Mason von der zweiten Handschelle. Stöhnend löste sich seine angespannte Haltung, sodass er fast vom Stuhl fiel.

Flix, die scheinbar nicht über ihre Größe nachdachte, unternahm einen kläglichen Versuch, ihn zu halten und keuchte unter seinem Gewicht. Ich eilte an seine Seite und fing ihn auf.

»Eure Hoheit. Wenn ich Euch bitten darf, Platz zu nehmen«, höhnte ich und hievte Mason hoch. So zittrig wie er auf den Beinen war, schien es fast, als hätten sie ihn irgendwie ruhiggestellt.

In diesem Moment geschahen mehrere Dinge gleichzeitig. Während irgendwo im Haus plötzlich eine Tür mit einem lauten Knall aufflog, knickten Masons Beine ein. Ich konnte ihn gerade noch halten.

Ethan unterdessen drehte sich blitzschnell und griff nach der Waffe des abgelenkten Phil. Die beiden rangelten, bis sich ein Schuss löste, der nur haarscharf an der Prinzessin vorbei ging, die spitz aufschrie und sich auf den Boden stürzte.

»Ethan!«, brüllte eine weibliche Stimme durch das Anwesen. Verdammt. Ich hatte auf mehr Zeit gehofft.

»Uns geht es gut!«, antwortete Ethan und bedeutete Phil, der nun die Hände hob, dass er sich neben mich gesellen sollte.

In meinem Kopf ratterte es. Türen öffneten sich, Ethans und Eleonoras Verstärkung suchte nach ihnen. Im Bruchteil einer Sekunde, traf ich die Entscheidung, aufs Ganze zu gehen. Mit aller Kraft biss ich mir auf die Lippe, bevor ich sie auf Masons drückte.

Was für Eleonora und Ethan zunächst nur nach einem leidenschaftlichen Kuss aussah und für ein verächtliches »Pf!« sorgte, änderte die Verhältnisse schlagartig. Ein metallischer Geschmack breitete sich in meinem Mund aus.

Noch bevor sie etwas tun konnten, spürte ich, wie sein Blut meine Sinne veränderte. Kurz vom Rausch überwältigt, blinzelte ich, meine Sicht hatte einen merkwürdigen, blauen Schleier bekommen, dann nutzte ich den Effekt der Überraschung.

Es war, als erwache die Wolfsdämonin das erste Mal in meinem Leben zur Gänze. Ich spürte sie, als wäre sie eine neue Person in meinem Kopf, die beherrscht war von animalischen Instinkten und nun die Oberhand über mein Denken und Handeln gewann. Ich roch, nein, ich witterte auf eine neue, viel intensivere Art und Weise als ich es jemals tat. Ich sah anders, hörte anders, verspürte Masons Berührung stärker und nahm dabei jede Bewegung im Raum intensiver wahr. Ohne es zu wollen, knurrte ich, bevor ich, schneller als Ethan reagieren konnte, auf ihn zusprang.

Die Waffe flog aus seiner Hand, als ich auf ihm landete und seinen Kopf mit beiden Händen auf den Boden schlug. Es reichte, um ihn auszuschalten. Eleonora, die sich inzwischen wieder aufgerichtet hatte, schrie zum zweiten Mal spitz auf, so wie auch die Frau, die nun hineingerannt kam.

In der Hand hielt sie eine Tonphiole, in die Zeichen eingeritzt waren. Hexenwerk.

»Ethan!«, japste die aufgetakelte Frau in den Fünfzigern, die ich auch schon mal irgendwo gesehen hatte. Es dauerte einen Augenblick, bis ich verstand, dass es Sharpay Frost, die Dämonenkönigin war, die da gerade den Raum betreten hatte. Gab es überhaupt eine Person in dieser Familie, die nicht an diesem Komplott beteiligt war?

Sie starrte mich finster an, als ich über ihrem reglosen Sohn kauerte. Mit einem Kampfschrei, der einiges an Beachtung verdiente, warf sie das Gefäß vor meine Füße, das sofort zerplatzte und einen pulverähnlichen Dampf freisetzte.

Eleonora sprang sogleich hustend weg, während mir der Zauber nichts anzuhaben schien.

Nach dem Ausdruck der Verblüffung zu urteilen, wusste Sharpay Frost nicht wie ihr geschah, als Phil - übrigens noch immer nackt - nach der Pistole griff, die vor ihm auf dem Boden lag. Doch auch sie schnappte danach und kämpfte darum, sie ihm aus der Hand zu reißen, bevor er sie nutzen konnte.

Flix eilte dem Engel zu Hilfe, aber der Feenstaub, den sie auf die beiden niederrieseln ließ, hatte auf beide Kämpfenden den gleichen Effekt. Auch Phil blinzelte heftig durch das Jucken, dass er in den Augen verursachte, bis sie Sharpay ins Gesicht flog und begann, ihr die Haut zu zerkratzen.

Ich ergriff in dem Moment die Chance. An der Wand entdeckte ich zwischen zwei blankpolierten Rüstungen eine Schwertsammlung, die ich komplett aus ihrer Halterung riss, als ich an einer der Klingen zog. Offensichtlich hatte ich dabei meine neu gewonnene Stärke ein wenig unterschätzt.

So ein bisschen konnte ich verstehen, warum jeder so scharf auf dieses Blut war. Es fühlte sich fantastisch an.

Eleonora hatte sich inzwischen aus ihrer Schockstarre gelöst. Hastig krabbelte sie zu Ethan, der außerhalb meiner Reichweite lag, langte mit einem Finger in die sich bildende Blutlache neben seinem Kopf (war er wirklich nur bewusstlos oder hatte ich auch ihn getötet?) und steckte ihn sich in den Mund. Sie entblößte rote Zähne als sie mich diabolisch angrinste.

»Ich würde sagen, jetzt sind die Machtverhältnisse wieder ausgeglichen«, sagte sie und sprang auf die Füße. Plötzlich hatte sie etwas von einer Schlange, während sich ihre Augen unheimlich grün färbten. Hatten meine Augen auch eine andere Farbe angenommen? Gruselig.

»Das hättest du wohl gern!«, donnerte eine Stimme durch den Raum, deren russischer Akzent mir sofort verriet, wer sich ebenfalls an dem Kampf beteiligen wollte. So langsam wurde es eng hier. Nicht, dass ich Unterstützung nicht willkommen hieß …

Zeitgleich sprangen alle Fenster auf. Wie eine Naturgewalt fegte Olga mit einem Tornado aus Laubblättern in den Raum, als würde sie aus dem Nichts erscheinen.

Ich kniff die Augen zusammen, doch auch Eleonora war durch den Wind und den damit einhergehenden Schmutz beeinträchtigt, erschrocken kauerte sie sich zusammen.

Ein weiterer Schuss ließ beinahe mein Trommelfell zerplatzen. Blut spritzte, Phil schrie auf. Flix wirbelte durch den im Raum entfachten Sturm an mir vorbei.

Offensichtlich hatte Sharpay die Oberhand gewonnen.

Olga raunte etwas Unverständliches. Ihre Gestalt war die der alten Frau. Sie stand in der Mitte des Raumes, hob die

Arme seitlich und brüllte eine Beschwörungsformel unter deren Einwirkung die Dämonenkönigin schrie vor Schmerz.

Noch bevor die Prinzessin sich wieder erheben konnte, sah ich Mason, wie er sich aufrappelte und auf sie zustolperte. Seine Wunden waren wieder verheilt, doch gegen seine Schwester, die nicht erst genesen musste und noch dazu reines Blut getrunken hatte, hatte er wenig Chancen.

Nur durch die Masse seines Gewichts konnte er die schlanke Person immerhin aus dem Gleichgewicht bringen, bevor sie ihn wegstieß. Doch es machte ihr nicht wirklich etwas aus. Mit glühenden Augen lachte sie ihn aus und erfuhr wie ich die berauschende Wirkung des Blutes.

Das war mein Moment. Während sie ihn ansah, holte ich mit dem Schwert aus und ließ die Klinge durch die Luft sausen.

Ich hatte einen stärkeren Widerstand erwartet. Beinahe hätte ich durch den Schwung meine Balance verloren, doch meine verbesserten Reflexe sorgten sofort wieder für einen festen Stand. Klar spürte ich, wie ich die Halswirbelsäule durchtrennte, doch ich dachte immer, wenn ich mal versuche, jemanden zu enthaupten, dann würde ich höchstwahrscheinlich bei der Hälfte des Halses stecken bleiben. Der Kopf der Prinzessin Eleonora fiel zeitgleich mit ihrem Körper zu Boden. Nicht wie in den Filmen, in denen der Rest der Leiche erst noch begreifen musste, dass sie nicht mehr vollständig war. Ihr Blut spritzte durch den Raum und nahm noch einen Moment den Takt des ein letztes Mal schlagenden Herzens an.

Die Schreie von der noch immer durch Olga gequälten Sharpay drangen zu mir durch. Langsam ebbten sie zu einem kläglichen Wimmern ab. Ich vermutete, dass sie inzwischen aufhörte, sich gegen die Hexe aufzubäumen. Wie ein Fötus lag sie zusammengekauert auf dem Boden und rührte sich nicht.

Keuchend kam ich zur Besinnung. Ich sah zu Phil. Er lebte, doch in seiner Schulter klaffte eine große Schusswunde, die stark blutete.

»Olga, ich denke, das ist genug«, sagte ich mit rauer Stimme.

Die Hexe ließ von der Dämonenkönigin ab, jedoch nicht ohne verachtend vor ihr auszuspucken. Ich blinzelte und fand Mason, der in eben diesem Augenblick an meiner Seite auftauchte und mich an den Armen packte, um mich eingehend zu mustern.

»Ist alles in Ordnung mit dir?«, fragte er und sah mich mit einem eindringenden Blick an.

Ich war mir nicht sicher, ob er damit nur meine körperliche Verfassung meinte. Doch die Triebe der Wolfsdämonin ließen kaum zu, dass ich die Gedanken, die ich aussprechen wollte, wirklich greifen konnte. Einen Moment sah ich ihn wortlos an, unfähig, zu sprechen. Ich nickte und schloss kurz die Augen. Die Wirkung des Blutes hatte noch immer nicht nachgelassen, ich wusste nicht, wie lange das wohl dauern würde, doch ich begann mich davor zu fürchten, wie die Konsequenzen aussehen könnten. Mir war schwindelig und ich konnte mich kaum konzentrieren. In etwa so als wäre ich betrunken.

Ich hörte Flix fiepsen und sah mich nach ihr um. Sie lag in einer Ecke des Raumes neben einer Rüstung auf dem Boden und sah äußerst demoliert aus. Ihre Flügel waren zerknickt, ihr Haar lag ihr wirr vor dem Gesicht.

Ich konnte mich nicht entscheiden, zu wem ich zuerst gehen sollte.

»Kümmer dich um Sharpay«, sagte ich zu Mason und wandte mich an Olga. »Und du um Phil.« Meine Stimme klang eigenartig. Als würde sie begleitet von einem Knurren.

Olga zögerte, doch dann nickte sie und widmete sich dem verletzten Engel, um seine Wunde zu versorgen.

Auch Mason brauchte einen kurzen Moment, um sich einen Ruck zu geben. Irgendwo in meinem Hinterkopf wusste ich um die Antwort, die ich ihm schuldig geblieben war, doch dafür würde später Zeit sein müssen.

Ich kniete mich neben der Fee nieder und strich ihr mit meinem kleinen Finger die Haare zurück. Sie atmete flach, doch kurze Zeit später rührte sie sich und öffnete die Augen. »Chloe?«

Ich atmete erleichtert auf. So langsam entschleunigte sich mein Herzschlag. »Hey Feechen«, triezte ich sie, im Wissen, dass sie es hasste, so genannt zu werden.

Flix richtete sich langsam auf. Ich hatte Angst, sie hochzuheben und ihr möglicherweise wehzutun. Sie war so klein und zart und ich spürte nichts als rohe Kraft in meinen Händen.

Flix schloss die Augen ein paar Mal, bevor sie die Flügel streckte und schüttelte. Schwarzer Glitzer verteilte sich auf dem Boden. Sie war okay.

Vor Phil hörte ich Olga etwas murmeln. Diesmal klang es deutlich weniger bedrohlich, sondern sanft und beruhigend. Dabei hatte sie eine Hand auf seine Schulter gelegt, während die andere eine Art Talisman umfasste.

Phils Gesichtsausdruck veränderte sich langsam. Sie konnte ihn nicht heilen, doch sie konnte ihm den größten Schmerz nehmen, soviel wusste ich.

Mason hingegen hatte seine Stiefmutter gefesselt und sich danach neben Ethan gekniet. Er beäugte ihn und prüfte seinen Puls.

»Er lebt. Ich gehe nach einem Verband suchen, damit er und Phil uns nicht noch verbluten, dann hole ich Hilfe.«

Ich nickte. »Versuch, Chief Sanchez zu erreichen und sag ihm, dass ich ihn brauche.« Jetzt konnte mein Vater wohl kaum noch die Augen davor verschließen, was hier geschah.

Mason sah mich überrascht an. Natürlich, ich hatte ihm dieses eine Detail bisher noch immer vorenthalten.

»Können wir später darüber reden? Bitte?«, setzte ich nach.

Er nickte.

Olga kam zu mir. Die alte Hexe sah gebrechlicher aus als je zuvor. Die Zauber, die sie gewirkt hatte, hatten sie offensichtlich sehr geschlaucht. Ich trat von einem Bein auf das andere. Nervös. Energiegeladen. Als könnte ich nicht stillhalten. Fahrig fasste ich mir ins Haar, mein Herz raste. Hatte ich eine Panikattacke?

»Chloe«, sagte sie ruhig, als würde sie mich nicht erschrecken wollen. Unwillkürlich verglich ich sie mit einem Raubtierdompteur, der sich gerade in den Löwenkäfig gewagt hatte. »Chloe, tu mir den Gefallen und atme.«

Ich sah sie verwirrt an. Erst dann realisierte ich, dass ich die Luft angehalten hatte. Für wie lange eigentlich?

Ich atmete.

»Sehr gut. Und nun sieh mich an. Sieh mir in die Augen.«

Ich tat, was sie verlangte, doch es fiel mir schwer, den Blickkontakt zu halten. Mason tauchte wieder auf und lenkte mich ab. Er hatte Verbandszeug dabei. Olga versuchte, meine Aufmerksamkeit wieder auf sich zu lenken, indem sie mich am Arm berührte. Sofort schrie sie auf. Schneller als ich hatte denken können, hatte ich ihre Hand gepackt und zugedrückt. Ich sah ihre andere auf mich zukommen und einen hellen, leuchtend grellen Blitz vor Augen.

KAPITEL 13

Ich wachte im Krankenhaus auf. Im Raum herrschte eine drückende Stille. Als ich mich umsah, erblickte ich die Personen, die nahe meines Bettes saßen. Es waren Mason, Olga und überraschenderweise mein Vater.

Ich wollte mich bewegen, doch es ging nicht. Meine Hände waren mit Handschellen an die Stangen am Bettrand gekettet. Sinnloserweise rüttelte ich daran.

»Chloe, beruhig dich, es ist alles gut«, redete Mason auf mich ein.

Die anderen traten näher. Olga beugte sich über mich und begutachtete meine Augen.

Ich wich zurück, überfordert mit der plötzlichen Nähe, doch dann packte sie mich am Kinn und hielt mich fest. Sofort spürte ich den Einfluss ihrer Hand durch meinen Körper strömen.

»Sie ist okay«, sagte die Hexe, die diesmal wieder ihre übliche Fassade angenommen hatte. »Das Blut hat keine schweren Folgen hinterlassen, sie ist nicht süchtig.«

Ich verstand. Sie wollten sichergehen, ob genug Dämon in mir steckte oder ob ich zu sehr nach meiner Mutter kam. Erst dann bemerkte ich die Schläuche, die in meinem Körper steckten. In beiden Armen waren Zugänge gelegt worden, die mich mit Flüssigkeiten versorgten, die aus transparenten Beuteln tropften.

»Wenn das so ist, können wir sie losmachen, denke ich«, sagte Mason an meinen Vater gerichtet, der am Fuße des Bettes stehen geblieben war.

Nach einem Moment der Unschlüssigkeit, in dem er mich stumm ansah, zog er seine Schlüssel hervor und befreite mich von den Fesseln.

Ich rieb mir die Handgelenke, doch die Schläuche störten in den Armbeugen.

»Könntet ihr mich dann bitte auch von den Dingern hier befreien?«, krächzte ich. Meine Stimme klang, als hätte ich drei Wochen im Koma gelegen und sie ewig nicht genutzt.

»Ich rufe einen Arzt.« Keine Ahnung, ob mein Vater meinen Anblick so nicht länger ertragen konnte und flüchtete. Ich konnte ihm die Flashbacks förmlich ansehen, die ihn an meine Mutter erinnerten.

Ich fühlte mich schlecht. Schwach und ausgelaugt. Und müde. Dabei war ich doch gerade erst erwacht.

»Wie geht es dir?«, hörte ich Masons Stimme ungewohnt einfühlsam neben mir.

Ich mühte mir ein schiefes Lächeln ab und versuchte mich daran, nicht allzu schlimm auszusehen. Es schien mir wohl nicht wirklich zu gelingen, ihn zu überzeugen, denn er hob eine Augenbraue. War mir je zur Gänze bewusst, wie wunderschön dieser Mann war? Selbst wenn er mich ansah wie in diesem Moment.

Ich sank zurück in das unbequeme Kissen und blickte zur Decke. »Es ging mir schon besser«, musste ich zugeben. Ich spürte seine Hand auf meinem Arm. Nicht, um mich zu halten, sondern um mir Nahe zu sein, wie ich dankbar feststellte. Diesmal war mein Lächeln echt.

»Was hab' ich verpasst?«, fragte ich. Erst jetzt fiel mir auf, dass er ungeschützt und für jeden erkennbar hier bei mir im Krankenhaus war. Hieß das, es war vorbei? War die Gefahr gebannt?

»Den anderen geht es gut. Phil wurde operiert, er wird wieder«, beschwichtigte Mason mich als erstes. »Ethan liegt im Koma, doch die Ärzte sind guter Hoffnung, dass er bald wieder aufwacht. Sobald sein Zustand es zulässt, wird er wie Sharpay ins Gefängnis überbracht.«

Mein Vater tauchte wieder auf, gefolgt von einer Ärztin, die meine Werte überprüfte und mir mit einer kleinen Lampe in die Augen leuchtete.

Sie war zufrieden mit meinem Zustand, ließ sich jedoch nicht davon überzeugen, mich vom Tropf zu befreien. »Eine Weile müssen Sie noch aushalten. Sie sind noch zu geschwächt«, sagte sie mit Blick auf meinen Blutdruck.

Ich grummelte, musste ihre Entscheidung jedoch hinnehmen. Weder Mason noch Olga oder mein Vater würden zulassen, dass ich mich selbst entließ, und ich zweifelte stark daran, dass mich einer von ihnen lange genug allein lassen würde, um mich davonzumachen.

Ich drehte mich zu Olga. »Wie hast du uns gefunden?«

Die Hexe grinste schelmisch. »Ich hatte doch bereits einen Aufspürzauber vorbereitet. Als ich dich nicht erreichen konnte, habe ich ihn an dir angewandt.«

Irritiert kniff ich die Augen zusammen und runzelte die Stirn.

»Ich hatte dein Blut, schon vergessen?«

Natürlich.

»Hast du das alles etwa vorausgesehen?! Eine Warnung wäre nett gewesen.«

»Du kennst meine Vorahnungen, eine genaue Vorhersage ist auch für mich außerhalb meiner Möglichkeiten.«

Das brachte mich auf eine andere Sache. »Vorahnung … Eleonora erwähnte eine Vorahnung, als sie mit Sharpay telefonierte. Und dann dieser Zauber … ist die Dämonenkönigin eine Hexe?«

Olga schüttelte den Kopf. »Nein, sie ist Dämonin durch und durch. Aber sie hatte noch immer Hilfe von Baba Yagas Zirkel. Den Freundinnen von Eleonora.«

»Wir sind bereits dabei, uns durch die Reihen der Komplizen zu wühlen und nehmen Verhaftungen vor«, sagte plötzlich mein Vater und räusperte sich verhalten.

Ich hob die Augenbrauen. Er wirkte, als wolle er noch mehr sagen.

»Und wir haben Beweise gegen Neil gefunden. Auf dem Handy der Prinzessin waren eindeutige Nachrichten, die ihn überführen. Es wird bereits nach ihm gefahndet.« Er atmete tief ein, als sei er froh, die damit einhergehende Last damit los zu sein.

»Eines verstehe ich jedoch nicht«, schaltete sich Mason ein. »Wieso konnte dir dieses Pulver nichts anhaben, das Sharpay gegen dich einsetzte? Ich habe nicht mal wirklich etwas davon abbekommen und meine Lunge brannte.«

»Sie trug noch immer ihr Amulett«, antwortete Olga, bevor ich selbst darauf kam.

Das hatte ich schon komplett vergessen. Ich sah aus dem Fenster. Es war inzwischen helllichter Tag. »Und Flix?«

»Ist bei Phil«, antwortete Mason.

Ich nickte beruhigt. Schlafen. Ich wollte einfach nur schlafen. Es war tatsächlich vorbei. »Ich schätze, ich hab meinen Auftrag erfüllt.«

Er lachte. »Und? Wann kann ich die Rechnung erwarten?«

Halbherzig zuckte ich mit den Schultern. »Ich bin mir nicht sicher, ob du die bezahlen kannst.« Ich zog den rechten Mundwinkel nach oben, die Augen schon wieder verschlossen. Doch nicht für lange.

»Ich schätze, ich lasse euch jetzt in Ruhe«, sagte Olga und erhob sich, um zu gehen.

»Warte.« Eines musste ich noch wissen. »Ich weiß, du wurdest verhaftet. Wie bist du rausgekommen?«

Kaum hatte ich die Worte ausgesprochen, hüstelte mein Vater auf eine sehr eigenartige Weise.

Olga lachte. »Liebes, ich bin eine über vierhundert Jahre alte Hexe. Die Polizei hat nicht wirklich etwas gegen mich einzusetzen, um mich wirkungsvoll festzuhalten.«

Mir blieb der Mund offen stehen. Vierhundert scheißverdammte Jahre? Ich fühlte mich ein klein wenig verarscht.

»Das heißt, du hättest es ganz locker selbst mit Baba Yaga aufnehmen können, oder?« Sie hätte uns begleiten können!

»Wieso hätte ich mich mit ihr anlegen sollen? Ich wusste ja nicht einmal, dass sie auch darin verwickelt war. Ich dachte, ihre jungen Zirkelmitglieder würden einfach ein wenig über die Stränge schlagen. Aber jetzt, wo ich es so betrachte, passt es zu ihr, ihre Finger mit im Spiel gehabt zu haben.« Sie strich sich eine Strähne aus dem Gesicht, die sich aus ihrer Frisur gelöst hatte, bevor sie fortfuhr. »Aber denk nicht, dass du bei Baba Yaga nicht genug Hilfe von mir gehabt hättest.« Sie hob einen Finger. »Baba Yagas Macht stand meiner in Nichts nach, denkst du, du oder Mason hätte sie wirklich mal eben selbst umbringen können? Nein, aber hätte es irgendjemand mitgekriegt, dass ich mit ihrem Tod zu tun habe, hätte ich damit so einige Hexen gegen mich aufgebracht. Gut, einige andere würden sich wohl dankbar zeigen, aber der Großteil wäre doch ziemlich sauer.« Ah, und wenn die auf mich sauer waren, war das okay? Ich schnaubte. Letztendlich war daran eh nichts mehr zu ändern. Ich sah sie aus dem Augenwinkel an. Von was für einer Hilfe sprach sie da? Meinte sie das Amulett oder hatte ich etwas verpasst?

»Ruh dich aus«, wies Mason mich an.

Ich nickte und schlief wieder ein. Sobald ich laufen durfte, würde ich Phil besuchen und ihn fragen, wieso er nass und nackt gewesen war.

Monate später schloss ich zum ersten Mal wieder die Tür zu meinem Büro auf. Erst bekam ich einen Schreck, als ich sofort sah, dass der Safe sperrangelweit offenstand, doch dann fiel mir ein, dass ich selbst die Waffe geholt und in der Eile sicher nicht daran gedacht hatte, ihn wieder richtig zu schließen. Schließlich war Mason gerade von Eleonoras Handlangern verschleppt worden.

Meine Akten lagen überall im Raum verstreut, mein Anrufbeantworter blinkte stumm, aber mahnend.

Ich drückte auf den Knopf, um die Nachricht abzuspielen und erkannte sofort Mrs. Allingstons Stimme.

»Ganz im Ernst, ich hab´ die Faxen dicke! Von mir werden Sie keinen Cent bekommen! Noch nie zuvor ist mir eine derartige Inkompetenz untergeko-«, weiter ließ ich sie nicht kommen. Ich löschte die Nachricht und alle anderen.

Dass die Gute ihre Ehe in den Sand gesetzt hatte, sodass ihr Mann in die Arme einer anderen geflohen war, konnte mir inzwischen herzlich egal sein. Wie ich am Rande mitbekommen hatte, fand sie ihr Glück mit ihrem Scheidungsanwalt. Mal sehen, wie lange das halten würde.

Ich lehnte mich an meinen Schreibtisch und ließ den Blick über die Verwüstung gleiten. Ein Papier rutschte dabei hinunter und fiel auf den Boden, sodass es meine Aufmerksamkeit erregte.

Es war der Durchsuchungsbefehl, den Neil sich irgendwie beschafft hatte. Neil. Sein Name erschien in meinem Kopf und setzte sich fest wie eine gierige Zecke. Ich spürte dabei kaum, wie ich den Wisch in meiner Hand zerdrückte. Kurz erschrak ich, dann kam mir ein Gedanke und ich ließ ihn prompt fallen, als würde er mich beißen können.

Neil war seit dem Vorfall nicht wieder aufgetaucht. Natürlich haben wir ihn gesucht. Doch seine Wohnung war magisch gesäubert worden, ebenso sein Schreibtisch, von dem all seine Habseligkeiten verschwunden waren. Es war, als hätte es ihn nie gegeben. Er musste schon lange einen Back-up-Plan gehabt haben.

Doch jetzt hatte ich etwas. Einen entscheidenden Gegenstand.

Ich nahm den Hörer ab und drückte einen Knopf im Kurzwahlspeicher. Vielleicht war dieses alte Telefon vorsintflutlich, doch ich liebte die Theatralik.

»Olga«, sagte ich, als die Hexe ranging. »Ich brauche einen weiteren Zauber von dir.«

Tropische Hitze schlug mir entgegen, als sich die Tür des Jets öffnete. Ich stieg die Treppe hinunter zu dem Wagen, der auf dem Rollfeld bereits auf mich wartete.

Olgas Aufspürzauber war ihr zwar nicht leichtgefallen, nach all der Zeit, die vergangen war, seitdem Neil das Dokument in den Händen gehalten hatte, doch letztendlich war er erstaunlich genau.

Phil war nicht mitgekommen, er ließ sich seine Schulter von seinem neuen Lover versorgen und es sich gut gehen. Der Sanitäter, der mit dem Rettungswagen kam, den Mason gerufen hatte, hatte es ihm schwer angetan.

Vergessen waren die Unannehmlichkeiten zuvor mit Brian.

Ich hatte ihn gecheckt. Liam war durch und durch Mensch und hatte keine Ambitionen, im dämonischen Königshaus für Wirbel zu sorgen. Im Gegenteil, er war äußerst harmoniebedürftig, hilfsbereit und schien echt einer von den Guten zu sein, auch wenn er mir persönlich schon etwas zu langweilig war. Er war genau das, was Phil gerade gebrauchen konnte.

Dafür hatte ich Flix nicht abschütteln können. Nicht, dass ich es ernsthaft versucht hatte. Die Mühe war es nicht wert. Sie wäre locker dem Flieger hinterhergeflogen, nur um ihre Neugierde zu stillen.

»Also Kuba. Hm. Is' ja ganz schön hier, aber es scheint nicht so, als würdest du lange bleiben wollen …« Sie tat viel dafür, möglichst beiläufig zu klingen, doch ich wusste, sie platzte gleich.

»Stimmt, es ist nur ein Kurztrip, wenn man das so sagen will.«

»Deswegen also das leichte Gepäck?«

Ich lächelte. Ich hatte lediglich eine Umhängetasche dabei.

Die Fahrt vom Flughafen Varaderos bis zum Hotel, in dem ich ihn vermutete, dauerte gerade einmal eine halbe Stunde.

Als Olga ihn auf der Landzunge im Norden des Landes geortet hatte, war es ein Leichtes gewesen, zu erraten, wo er sich eingenistet hatte. Mit Hilfe des Geldes, das eigentlich für den Bürgermeister gedacht gewesen war, um diesen zu bestechen. Entrüstet darüber, dass Neil mit *seinem* Vermögen abgedampft war, war dieser bereit, für ein klein bisschen Strafmilderung zu singen wie ein Kanarienvogel.

Mich ärgerte am meisten, dass dieses Geld von Eleonora kam. Und damit eigentlich dem Königshaus gehörte. Also Mason.

An der Rezeption wurde man äußerst gesprächig, als ich ein großzügiges Angebot machte. Dann hielt man von der gepriesenen Diskretion auch nicht mehr viel.

Der Strand wurde mir mit einem strahlenden Colgategrinsen gezeigt. Mit ausladenden Bewegungen und gebrochenem Englisch machte man mir verständlich, dass ich noch etwas weitermüsse.

In diesem Moment hätte ich mir gewünscht, meine Mutter wäre zumindest ein kleines bisschen mütterlicher gewesen und hätte mir wenigstens etwas Spanisch beigebracht.

Ich fand Neil so abgelegen es nur ging. Er ruhte sich in der untergehenden Sonne auf einer Liege aus und nippte an einem bunten Cocktail mit Schirmchen.

Der Sand unter meinen Füßen fühlte sich heiß an. Das türkisblaue Meer lag beinahe still, sodass jemand, der seinen Blick nicht stur auf das Arschloch am Horizont gerichtet hätte, wahrscheinlich noch weit bis auf den Grund sehen konnte. Traumhafte Palmen rundeten die Urlaubskulisse ab.

»Hey Neil.«

Er brauchte einen Augenblick, um zu reagieren, doch bevor er etwas erwidern konnte, sah er schon in den Lauf meiner Glock.

Ich ließ ihm keine Zeit zu denken, da drückte ich schon ab. Kein cooler Spruch, keine langen Worte. Wozu auch? Was hätte er sagen können, das etwas geändert hätte?

Stattdessen gönnte ich jetzt dem Meer die Aufmerksamkeit, die es verdiente. Yvette kam mir in den Sinn und ich lächelte. *Das war für dich, mein Mädchen.*

Ob ich noch schwimmen gehen sollte? Warum nicht? Ich konnte tun und lassen was ich wollte.

Flix kam neben mir zu Besinnung, als ich die Waffe wieder in meine Tasche steckte. Der Ring an meiner Hand blitzte grell auf, getroffen von den letzten Strahlen der Sonne.

»Bist du eigentlich verrückt geworden? Was ist, wenn du geschnappt wirst?« Sie blickte zur Seite den Strand entlang und rechnete wohl schon damit, gleich von Polizisten umstellt zu werden.

Ich lächelte schief. Wahrscheinlich hatte sie bis zum letzten Moment noch damit gerechnet, dass ich ihn in die Staaten bringen würde, um ihn dort dem Rechtssystem zu überlassen.

Ich lachte. »Schon mal was von diplomatischer Immunität gehört? Ich bin jetzt die verdammte Königin der Dämonen!«

-ENDE-

Über die Autorin

Johanna B. Becking ist das Pseudonym der Hamburgerin Bendte Wehner, die am 23.07.1989 in der Hansestadt geboren wurde und ungefähr sechs Jahre später ihre erste Geschichte »Der Zahn des Nikolaus« zu Papier brachte. Während dieses Erstlingswerk seitdem liebevoll von ihrer Großmutter behütet wird, schrieb sie unerbittlich weiter. Jetzt möchte sie, dass ihre Geschichten gelesen werden. Zu ihren Hobbies gehört die kreative Entfaltung jeglicher Art, sei es in Schriftform, als Bild oder Strickmuster, sowie die Flucht in andere Welten, ob in einem Buch, in dem sie versinkt oder auch Computerspiel. Jedoch ist sie als eine der wenigen in ihrer Familie absolut unbegabt in der Beherrschung sämtlicher Instrumente. Wirklich absolut unbegabt.

Danksagung

Ich weiß, normalerweise steht hier eine Danksagung, in der der jeweilige Autor bzw. die jeweilige Autorin auflistet, wer alles an diesem tollen Buch beteiligt war, wer unterstützend in Erscheinung getreten ist oder eine besondere Inspiration war.

Ich könnte nun also schreiben, wie dankbar ich Jay bin, dass sie so wahnsinnig geduldig und genauso detailverliebt das Cover gestaltet hat. Oder wie herzlich Katha mich im Lektorat zum Lachen gebracht hat, weil sie Chloe einfach sofort verstanden hat. Oder Tracy, Jasmin, Laura und Katrin, weil sie einfach da sind und aneinander glauben. Auch an mich, warum auch immer.

Doch eigentlich möchte ich hier diesmal über meine Dankbarkeit schreiben, dass ich zu einer starken Frau erzogen wurde und dann sogar die Möglichkeit habe, über solche zu schreiben. Dass ich Familie und Freunde habe, die jetzt genau wissen, was ich meine und mir niemals sagen würden, ich könnte etwas nicht. Ich weiß sehr gut, dass das nicht selbstverständlich ist. Eigentlich ist es sogar sehr selten. Und als Mutter einer Tochter werde ich mir dessen täglich bewusst.

Mir wurde mehr als einmal gesagt, Chloe sei wie ich (wobei ich absolut keine Ahnung habe, wie man darauf kommen könnte. Niemals würde ich einfach meinen Kaffeebecher auf die Straße werfen! Ich gehe nicht mal bei rot über die Straße, wenn Kinder auch nur in der Nähe sein KÖNNTEN. Stichwort Vorbildfunktion). Chloe hat ihre Marotten und Eigenarten. Sie flucht, sie gibt sich hart, obwohl sie auch mal unsicher ist und ist bestimmt nicht der geselligste Charakter, den man sich vorstellen kann. Doch ich liebe sie so wie sie ist. Egal wie sehr sie schimpfen würde, sie würde niemals aufgeben. Obwohl sie keine Polizistin mehr ist, hat sie ihren Weg gefunden, mit dem sie versucht, anderen zu helfen. Sie ist nicht diejenige, die sich retten lässt. Sie würde sich niemals entmündigen lassen. Und ich finde, es gibt zu wenig Protagonisten ihrer Art in der Buchwelt. Jetzt gibt es eine mehr.

Aésha – im Land des Waldes
(Johanna B. Becking)

Das Leben führt uns mitunter über verworrene Pfade, doch das Schicksal der jungen Aésha scheint bereits vorbestimmt. Sie soll das Anwesen ihrer verstorbenen Eltern vor dem Verfall bewahren und einen reichen Widerling heiraten, um ihre Zukunft zu sichern. Als sie jedoch in den Sachen ihrer Mutter auf besondere Briefe stößt, treibt es sie raus aus ihrem Heimatdorf mitten in ein Abenteuer.

In Elandor findet Aésha nicht nur Lilja, die Verfasserin der Briefe, sondern auch die Wahrheit über ihr Dasein: Aésha ist eine Magierin und noch dazu Nachfahrin der mächtigsten Wächter des Kontinents Isandora. Während sie diese neue Rolle noch zu verstehen versucht, gerät sie allerdings unwissentlich in das Visier des Feindes. Es beginnt ein Kampf um ihr Leben und das der Völker Isandoras …

The Coven – Der Zirkel (Tracy Kae)

Dies ist der erste Band einer Dilogie

Hexen. Es gibt sie wirklich. Schon lange zaubern sie nicht mehr mit Zauberstäben und Büchern, denn sie haben sich angepasst. Sie leben mit und unter uns. Doch für wie lange noch?
Immer mehr Hexen verschwinden spurlos oder werden ermordet an den dunkelsten Orten Chicagos aufgefunden. Die 23-jährige Kunststudentin Marjory Loving ahnt nichts von der Gefahr, die auch hinter ihr lauert, denn sie gehört einem 7-köpfigen Hexenzirkel an, mit dem sie aber nichts zu tun haben will.
Als ihre Cousine Phaedra jedoch vor ihren Augen von furchteinflößenden Männern entführt wird, entschließt sie sich, dem nachzugehen. Die Welt, die sich ihr nun offenbart, lässt Marjory an allem zweifeln, was sie bisher kannte, und im Kampf gegen eine noch unbekannte Gefahr soll sie sich dem Zirkel erneut anschließen.

Doch was steckt hinter diesem Blutschwur, vor dem jeder sie zu warnen versucht? Ist sie wirklich dazu bereit, alles hinter sich zu lassen und ihr komplettes Leben für die Hexen aufzugeben?

Infilum (Katrin R. Petzold)

Sie suchten ein Heilmittel gegen Krebs und fanden den gefährlichsten *Virus* seit Menschengedenken ...

Rena Vegas lebt gemeinsam mit ihrer Familie in der Stadt Rin, einem Gebäudekomplex, der die Überlebenden vor den Nachwirkungen des verheerenden Virus schützt. Denn die Erkrankten verlieren ihre Menschlichkeit und verwandeln sich in Infilum, die zunehmend ihren Unterschlupf bedrohen. Irgendwann bleibt Rena keine Wahl mehr. Um das Überleben ihrer Familie zu sichern, muss sie gemeinsam mit neun anderen Kriegern den Ursprung des Virus suchen.
Es beginnt eine Jagd nach der Wahrheit, eine Flucht vor dem Tod und zeitgleich eine Reise, die alles verändern könnte.

Entflammtes Erbe (Saskia Stanner)

Die Geschwister Joe und Lexi hatten ihre Zukunft genau geplant. Zum Studieren an die Westküste, weg von der Familie. Doch es kommt alles anders und ein grausamer Autounfall reißt Lexi aus dem Leben ihres Bruders.

Zwei Jahre nach dem Tod seiner Schwester hat sich Joe's Leben langsam wieder normalisiert. Doch, als hätte er mit seiner Trauer nicht schon genug zu kämpfen, tauchen in Boston Menschen auf, die in Flammen aufgehen, ohne zu sterben, und versetzen die Bewohner in Angst und Schrecken. Die Medien sind voll von den mysteriösen Flammenmenschen, deren Herkunft sich keiner erklären kann.

Die Hüterin der Farben (L.-J. Pyka)

Mit gerade einmal 17 Jahren hat Haley alles verloren: Ihre Eltern sind tot, und sie muss ihre Freunde ebenso verlassen, wie ihre Heimat New York. Doch bei ihrer Tante Helen wird das Leben nicht besser. Die junge Schülerin findet keinen Anschluss und zieht sich immer mehr zurück. Bald ist ihr Alltag nur noch von tristen Gedanken geprägt, die eines Tages Realität werden.
Denn plötzlich erwacht Haley in der grauen Welt von Zirkonia. Hier gibt es keine Farben, keine Freude – Nichts. Nur die graue Maus Tabby, von der Haley erfährt, dass sie erst wieder in ihr altes Leben zurückkehren kann, wenn sie alle Farben wiedergefunden hat.

Mentira – Stadt der Lügen
(Christina Hiemer)

In einer Welt, in der die ***Wahrheit*** alles ist, was zählt, kann eine einzige ***Lüge*** alles verändern.

Seit Melia denken kann, ist Lügen in Mentira streng verboten. Doch außerhalb der Stadtmauern liegt eine Welt, in der die Wahrheit kein Gewicht hat. Als Melia einen wichtigen Auftrag bekommt, gerät das Vertrauen in ihre Schwesternschaft immer mehr ins Wanken. Sie nimmt all ihren Mut zusammen und flieht. In Sombra, der Schattenstadt, erhofft sie sich endlich die Antworten zu finden, die sie in Mentira vergeblich gesucht hat.

Doch die fremde Stadt birgt ein dunkles Geheimnis. Niemand spricht über die Dunkelheit, die die Menschen befällt und ihnen jegliches Gewissen raubt. Wird Melia den Schatten der Stadt entkommen, oder wird auch ihre reine Seele der dunklen Seite zum Opfer fallen?

Devil Inside - Finde mich (Jo D. Shannon & Jacqueline V. Droullier)

Wie entscheidest du dich, wenn das Bestehen deiner Welt von einer einzigen Seele abhängt? 1000 Seelen für seine Sterblichkeit. 1000 Seelen, um endlich wieder ein Mensch zu sein.
Caym Winterbourne ist nicht nur ein skrupelloser CEO, sondern Halbdämon auf einer höllischen Mission. Doch er ist nicht der einzige, der dieses Ziel verfolgt: Astara Graham, Tochter eines Erzengels will ebenfalls 1000 Seelen sammeln, um endlich ihre Sterblichkeit zu erlangen.
Als die beiden aufeinander angesetzt werden, beginnt ein Wettkampf zwischen Himmel und Hölle. Halbengel gegen Halbdämon. Kann es in diesem Spiel einen Gewinner geben?

Bound to Suffer (Jay El Nabhan)

Demetria ist eine Göttin unter den Vampiren, die ihresgleichen sucht. Ihre Grausamkeit und ihre Macht sind unübertroffen. Sie ist das Zentrum, der Inbegriff an Perfektion. Zumindest glaubt sie das als Erstgeborene der Schöpferin aller Vampire. Um einen Krieg zu entfesseln, verstrickt sie sich in ein Netz aus Lügen, Hass und Intrigen. Gemeinsam mit ihrer Schöpfung, den Lillim, bindet sie einen mächtigen Vampirkrieger an sich und formt eine Armee der Dunkelheit. Aber Macht hat ihre Schattenseiten und daraus wächst Misstrauen und Verrat. Die Herrschaft über die Vampirwelt scheint weiter entfernt denn je und zeitgleich zum Greifen nah.

Doch Demetria ist bereit. Bereit zu töten. Bereit zu kämpfen.

Bereit, den Thron zu besteigen...